이흥국 시집

들으면 들리는 소리

문학과의식

Literature & Consciousness · Since 1988

시선집

153

이흥국 시집

들으면 들리는 소리

| 시인의 말 |

　평온한 산골마을/시원한 바다/강변의 물안개/비 개인 맑은 하늘/푸른 창공의 흰 구름/뒷동산의 진달래/담장의 장미꽃/소나무 숲속 오솔길/장독위에 쌓인 하얀 눈/눈꽃 핀 소나무/하얀 달무리/이삭 핀 보리밭/노오란 유채밭/풀잎에 맺힌 아침이슬/보일 듯한 하얀 속살/여인의 맑은 목소리/길가의 코스모스/냇가의 징검다리/봉숭아 물 들인 손톱/촉촉한 여인의 눈망울/우리 집 복슬 강아지/선수의 낙조/초저녁 굴뚝에 핀 하얀 연기/어머니의 젖가슴/나의 귀여운 여인/오징어 배의 휘황한 불빛/해변의 까만 조약돌/콩밭에 숨은 노오란 개똥참외/그 외에도 그리고 그 외에도…

세상에는
아름다움이 가득하기에
살만 하다고 합니다

이제
보다 더한
보다 절실한 아름다움을 찾아
연필 한 자루 꽂고 말없이 떠나렵니다
방황하기도 하고 방향 없이 헤매일지라도

메마른 감정을 노자(路資)하여
시(詩)의 세상으로 여행을 떠나렵니다

2023년 5월
강화도에서
이흥우

현대 시의 풍요 속에서 감동의 빈곤을 겪고 있는 현실 앞에 나를 '건드리는' 시를 만날 수 있다는 것은 축복이다. 그런 의미에서 이번 이흥국 시인의 시집 『들으면 들리는 소리』는 눈여겨볼만한 가치가 있기에 감히 추천하고자 한다.

각 시편마다에서 보여주는 시인의 '기억'이 과거의 추억을 재생하여 현재의 존재성을 자각하고 극복해 가는 과정이므로 독자들은 자연스럽게 편승을 하게 될 것이다.

이흥국 시인의 가장 큰 질료는 끊임없이 떠오르는 고향의 기억이다. 시인에게는 그 고향이 수시로 생명수가 되고 파편이 된다. 때로는 아련한 그리움으로 먼 산을 바라보게 만든다. 그 고향에는 가족 친지가 있고 산과 들, 그리고 마을 사람들의 생과 죽음, 사랑과 별리가 있다. 그들의 이야기는 우리들 이야기일 수도 있기에 우리의 귀는 자연스럽게 시인의 기억을 따라가게 될 것이다. 그 길에 시인의 통찰은 시에 날개를 달고 바람을 따라간다. 시인에게 시는 고백이며 언어로 쌓아올린 금자탑이 될 수도 있다. 우리는 그 금자탑에 박수를 칠 수도 있고, 그 금자탑을 바라보며 눈이 부셔 하거나 또는 안식을 얻을 수도 있다. 다만 시는 삶에 대한 성찰이며 존재의 의미 탐구라는 인식을 잊지 않는다면, 우리 모두는 시인의 발자취를 끝까지 놓치지 않을 것이다.

왜냐하면 시는 '무엇' 보다 '어떻게'가 중요하기 때문에 우리는 그 '어떻게'에 주목하게 될 테니까.

시인의 시 쓰기 행위는 너와 내가 다르지 않다는 가설을 증명하는 작업과도 같다. 그래서 시는 우연을 선택하여 필연으로 만드는 과정이라고 할 수 있다. 모든 물상들은 저마다의 주파수로 끊임없이 신호를 보낸다.

　우리가 시인이 보내주는 주파수에 귀를 기울여 줄 때, 비로소 시인은 예민한 촉수로 자신의 강렬한 자기 동일성을 통해 날자 없는 원초적인 '시의 시간'을 구축해 낼 것이다. 또한 남다른 기억으로 현실과의 재현을 통하고, 그 기억과의 투쟁으로 화해와 상생을 보듬어 안는 작업에 열중할 수밖에 없음을 밝혀줄 것이다. 그 작업에 우리도 동참할 수 있다면 우리 역시 시인의 '시'를 가슴에 품을 수 있다. 그 기대가 우리들의 기억을 자극시켜 줄 수도 있을 테니까. 바로 그 기억의 영구불변이 서정시의 보편적 지향임을 우리에게 보여주려는 시인의 끈질긴 유혹, 아니 그 열정에 우리 또한 편승할 수밖에 없다.

　이미 알려진 사실이지만 시를 쓰는 덕목은 결핍과 부재를 견디는 힘이라고 한다. 생의 결여 형식에 대한 원형적 반응이 바로 '기억'과 '그리움'에 있기 때문이다. 그 힘이 믿음으로 갈수 있다면 시인의 생명성은 영원하다. 그 영원함에 우리 모두는 박수를 보낼 것이다.

　영원히 꺼지지 않을 불꽃같은 시인을 위하여!

안혜숙

소설가 / 문학과의식 발행인

| 차례 |

3부 그리움을 넘은 사랑

4부 고향의 향기

수필

해설 _ 김선주

일러두기

1. 책에 쓰인 영문의 한글 표기는 외래어표기법에 따랐으며 일부는 저자의 의도를 반영해 예외로 두었다.

2. 쉼표와 마침표, 말 줄임표, 느낌표 등의 문장부호는 저자의 의도를 반영, 최대한 저자의 원문을 그대로 살려 표기했다.

1부

자연의 노래

가을 숲속

여름을 몰아낸 갈바람은
나뭇가지 사이를 헤집으며
나뭇잎들을 거칠게 흔들어 댑니다

바람소리만으로도
빨갛게 멍이 드는데
속내도 모르고 곱다고들 합니다

피눈물 고였다 그 눈물 마르면
응달진 곳에서 갈가리 부서질지라도
곱다는 칭찬 하나로 견디고 있는 겁니다

벌거벗겨진 몸이 수치스럽지만
다음 해 푸른 옷 되찾아
싱그러운 몸매 다시 보여주고 싶어서였던 겁니다

타오르던 가을 숲이 서서히 식어가고
멍든 나뭇잎들은 허우적거리며
겨울 내내 사각사각 울고 있었습니다

단풍은 곱고도 가슴아파라

나도 단풍 닮아 멍이 들어도
곱게 늙어갔으면 좋겠습니다

노랑나비

너는 이름 없는 꽃
이름 모를 꽃
내가 지어준 예쁜 이름 노랑나비 꽃
노랑나비가 풀잎 끝에 살포시 앉아있네

누군가 개울둑에 뚝뚝 흘린 노랑물감
풀숲에 감추려 해도
초록에 노랑이 선명해 감출수가 없네

개여울 물방아 찧는 소리
꽃잎 잔잔히 두드리면
노랑나비 떼 날개짓하며
개울둑을 날아오르네

너는 이름 있는 꽃
노랑나비 꽃
춤을 추며 날아오르는
노랑나비 꽃

붉은 갯벌

갯벌은 앵두 빛 불꽃

검게 보이는 건
밤을 놓지 못해서
파도에 멍이 들어서
짠 바람에 찌들어서라지만
살갗이 터지는지는 몰랐다

말뚝망둥어 널뛰기 한다는
칠게들이 소풍 왔다는
갈매기 똥 그림 그린다는
막연함에 속는다

바다는 거품을 토해
갈대숲에 펼쳐 널고
갯바람에 나문재 살 오르면
갯벌은 빨갛게
나문재 몸속으로 파고 들었다

노출증

요즘에 넌 이상해졌어
야릇한 냄새를 풍기더니
사내냄새가 난다고 했을 때부터 이상야릇했어

젊었을 때는 안 그랬지
자기관리가 철저한 정숙한 모습이었지
지나칠 정도로 주도면밀해서
사내들이 비집고 들어 갈 틈도 없었던 거야

몇 겹의 방어벽을 치는가 하면
가시 울타리로 주변을 둘러싸고는
아무도 근접을 못하게 했었지

그러던 네가 왜 이리도 타락을 했을까
사내들이 바라만 봐도 가슴을 열어젖히는가 하면
거칠고 떫은 피부를 혀끝으로 핥으라 하질 않나
손끝으로 살짝 건드리기만 해도
가시 울타리를 빠져나와 훌러덩 옷을 벗어 던지고는
온몸을 맡기는 거야

민망하기 이를 데가 없어요

이건 추태를 넘어 폭력입니다

누가 뭐래도 아랑곳 하지 않는
아람이 딱 벌어진 밤송이는
뭇사람의 손길을 그리워하고 있었다

낯설은 가을

늦가을의 뒤안길을
우연히 지나던 동네
왠지 낯설은 동네라 좋다

좁은 길목에 차곡차곡 쌓인 낙엽
고갯마루에 걸려있는 파란하늘
왠지 낯설어 보여서 새롭다

이곳에도 가을은 떠나가고 있었다
내년에 다시 오겠다고 호언장담하며
파란 하늘을 증표로 남기고서

가을을 닮았다고 자부하는 나도
쓸쓸한 표정으로 증표를 남긴다
가을이 쓸쓸한 것처럼 나도 쓸쓸하다고
가을에게 허락 받지도 않고서

겨울의 문턱에서

저만큼에서
겨울이 손짓 한다

올 겨울은
추위를 데리고 빨리도 왔네

가만히 두어도 얼어붙은 가슴
얼마나 더 추우라고 하나요

나는
이 가을이 너무 쓸쓸해
아직 맞이하지도 못했는데

겨울은
떠나간 옛 여인의 거센 손짓처럼
새벽 창문을 사정없이 두드린다

눈 오는 진강산

눈 오는 진강산이 나를 불렀다
털모자를 쓰고 산에 오른다
하얀 세상
고운 산길
발자국이 자꾸만 따라오네

줄지어선 소나무 떡갈나무 상수리나무
모두가 털모자를 쓰고 있는데
뾰족한 용 바위만 자꾸 벗어 던지네
숲속 새들은 쓰고 있을까 하얀 털모자를

눈 덮인 계곡물은 숨죽이며 흐르고
아랫동네로 내려가서야 노랠 부를 수 있으려나
폭신한 눈꽃위에 벌러덩 누우니
하늘은 어디가고 눈꽃들이 춤을 추네
하얀 세상이 내 세상 일세

내려오는 산길 눈길
곱고도 고와라
발자국이 아직도
지치지 않고 따라 오네

단비

모든 생명은 발버둥치고 있었다
목마름을 갈구하며 아우성을 쳤다
정신을 가다듬을 소리가 들려온다
귀를 의심하는 환청은 정녕 아니었다

하늘을 향해 입을 벌리던 논바닥은
단번에 삼키려다 거품을 토해내고
나풀거리며 하소연 하던 나뭇잎들은
축 늘어져 목욕을 즐긴다

폭삭폭삭 먼지 떼만 털던 아스팔트
모처럼 미끄럼 타고
골짜기에서 날아온 굴뚝새 한 마리
돌담 틈새에서 온몸을 단장한다

온 세상이 촉촉이 젖는다
온 만물이 풍족함으로 젖어든다
하늘에서 온 세상으로
온 세상에서 내 가슴으로 젖어든다

벚꽃 길

봄을 재촉하는 비가 내렸어요
흐드러지게 만개한 벚꽃을 만져보고 싶었나 봐요
꽃으로 만든 터널이 있었네요
두리번두리번 걷습니다

봄비는 바람을 두고 혼자 왔어요
적당히 꽃수를 놓아 꽃길을 만들었네요
벚꽃은 화답을 합니다
새들이 깃털을 세우 듯
살랑살랑 꽃잎을 세워 반깁니다

봄을 지그시 밟고 걸어봅니다
수많은 꽃잎 중에
내 머리위에 앉은 너
나와 함께 산보를 하고 싶었군요

살짝 봄바람 불어오면
벚꽃 길에는 흰나비 떼 우수수
하늘 높은 줄 모르고 날아오릅니다

봄비 소리

봄비는 천상의 소리
하늘에서 들려와서 천상의 소리
하늘에서 내려와서 천상의 소리

지붕위에서 들리는 소리 또닥또닥
처마 끝에서 들리는 소리 또록또록
마른땅에서 들리는 소리 폭삭폭삭

나뭇잎에 내릴 때는 나풀나풀
풀숲에 내릴 때는 사뿐사뿐
당신가슴에 내릴 때는 소근소근
내 가슴에 내릴 때는 두근두근

봄비 소리는
천상의 소리가 맞다

청보리밭

보리가 익어가는 날
보리밭 깊숙이 숨어있었다
바람을 불러 긴 목을 흔들고
이삭은 하얗게 부서지고 있었다

그 때는 몰랐었다
나에겐 푸르름 가득 홀려놓고
햇살에겐 속살을 보여주는
유혹의 춤사위였다

이삭 여물어 수줍은 척 고개 숙일 때
따스한 햇살 태워
황금 옷 입으려는 속내를
그 때는 정말 몰랐었다

모진 겨울 푸르름 지켜온 투지는
밭이랑 깊숙이 묻어 버렸나 보다
연약한 나를 닮아서였을까
흔적조차 없다

다만 나는

잔잔한 청록의 물결이 밀려드는
너희들의 청청한 모습을
다시 보았으면 했다

그 가을은 어디 갔나

잊지 않고 찾아주는 가을이면
벌겋게 녹이 난 양철지붕을 머리에 이고 있는
내 태어난 집이 생각난다

대청마루 뒤편에 미닫이문을 열면
한 번도 열매를 안아보지 못한 배나무 몇 그루
돌담과 정답게 의지해 있고
하얀 거미줄에 매달린 거미는 그네를 탔다

돌담이 모자라 이어세운 수숫대 울타리가
새 단장을 했다고 과시를 하면
나는 할아버지 모르게
속대를 골라 뽑아 수수깡 안경을 만들었다

굴뚝 긴 허리는 소꿉놀이 단골 밥상이고
뒤뜰로 통하는 좁은 문은
숨바꼭질 통로였다

뒤 뜰 끝으로 키 큰 감나무
죽은 몸으로 커다란 스피커를 끌어안고
스피커 통에서 흘러나오는 소리는

감나무 혼이 찾아와 부르는 노래일까

우물을 보듬고 있는 사각 돌은
파아란 하늘을 물속에 빠트리고
우물위에 매달려 있는 두레박은
내 동생처럼 늘 함께 있었다

장독대 옆에 꽃나무 몇 그루
이름은 잊었지만 빨간 꽃이 예쁘고
꽃대를 꺾으면 꽃물이 손에 베어
아프다고 우는 것만 같았다

들창문 아래로 쌓아놓은 장작더미
남겨놓은 빈 벽에 어둠이 밀려오고
긴 다리를 굽혀 앉은 귀뚜라미가 모여 들었다

수숫대 울타리의 몸부림이 아니더라도
귀뚜라미의 합창소리는
가을이 밀려오고 있다고 알려 주었다

봄바람

계곡을 따라 내려오던 햇살이
슬며시 돌담사이로 스며들면
깃 세운 장닭 긴 목 뽑아 아침을 외치고
삽살이도 덩달아 잠을 깨운다

댓돌에 짝짝이 검정고무신
질질 끌며 우물가로 다가갈 때
솔가리 먹은 아궁이 솔 내음 뭉실뭉실 토해내고
삽살이 새끼들도 끙끙거리며 따라온다

보리밭 밟고 놀던 바람
벗나무 흔들어 꽃잎도 뿌려 보고
수수깡 울타리를 넘나들며 거들대더니
나물 뜯는 누나들 치마 속으로 숨어버린다

그래서였을까
치맛자락 나풀나풀 거릴 때마다
풍겨오는 진한 기운은
그 시절 봄 향기였다

어스름한 저녁 지친 바람은 산등성이에 내려앉는다

노을빛 머금은 하늘도 지쳐 몸부림치고
굴목에서 새어나온 연기가 설치고 다녀도
농도 짙은 그림을 그려보라고 한다

본성 本性

홀로 선 나뭇가지 사이로
햇살이 살포시 앉아있다
농익은 열매하나 마른나무 붙들고 있다
깨물면 터질 것 같은 아픈 손가락

농익은 열매
파삭한 잎새 뒤에 숨었다
어미는 생명의 본능을 드러낸다
아픈 맘 누르고 바람을 부른다

긴 가지 횟 초리로 사정없이 후려친다
홀로서기를 가르친다
다음세대를 위한 세상의 이치를 알게 한다

바람아
내 돌아서 있을 때
낯설고 먼 세상으로 데려 가다오

초가을

더운 듯 하지만 덥지도 않고
쓸쓸한 듯 하지만 쓸쓸하지도 않는
여름 같은 가을이 좋습니다

잠시 외로움을 덜 익은 가을에 묻어두면
청명한 하늘엔 구름바다가 펼쳐지고
파아란 바탕에 파도의 역동침이 보입니다

머지않아 농익은 가을이 오면
가을향기를 듬뿍 마실 수 있다고 해도
쓸쓸함이 적은 초가을이 좋습니다

땡감은 짓 녹색 감잎 틈에 숨어 있다가
성급함에 단풍도 들기 전에
홍시 빛깔로 유혹 합니다

오늘 아침 나도 유혹 하렵니다
깊어가는 이 가을을 잡아 두려고
커피 향 한 스푼 얹어 권해봅니다

그림 한 점

밤새도록 비가 내렸다
새벽안개를 창작하기 위한
수고였나

밤새도록 먹 향에 취했다
그림 한 점 창작하기 위한
주정酒酊이었나

새벽안개가 걷히기 전의 청초淸楚함을
얼마큼 화폭에 담아낼 수 있을까

먹색이 짙어 청초함이 묻혀가고
고요마저 노칠까 다시 붓을 잡는다

마음 다스려 화선지를 적시면
한 폭의 그림은
내 마음의 한 조각이다.

빗소리가 다시 아침을 적셔온다

2부

신비神秘의 이름으로

한밤의 도매시장

한밤중에 도매시장에 왔다

띄엄띄엄 수십 년을 다닌
시장거리가 낯설고 쓸쓸하다
듬성듬성 썰어 놓은 듯 상점들은 불을 끄고
공기가 서늘한 시장 통엔 사람이 부족하다

얼굴을 반쯤 가린 사람들
종종 걸음으로 사라지고
라이트를 켠 자동차 서너 대
신호등에 걸려 움츠리다 도망간다

텅 빈 가슴으로 텅 빈 거리에 서 있다
컴컴한 골목 골바람은
덕지덕지 쌓아온 묵은 세월의 때를
휘휘 돌며 퍼 나르고 있다

쾌쾌한 냄새라도 괜찮다
구멍 난 가슴 때울 수만 있다면
외치는 장사꾼의 소리 요란한 웃음
찐한 사람냄새가 그립다

기다림

작년 이쯤에 매미는
"매앰 매앰 매~ 앰"하고 우렁차게 그녀를 불렀다
올 여름 매미는
"미움 미움 미~ 움" 울고 있다

긴 장마와 물 폭탄을 맞아서일까
날개가 닳아 없어지고
몸통이 찢기도록 비벼대며
불러도 불러도 오지 않았다

지쳐 헐떡이며 숨 고르고 있는데
푸르딩딩한 못난이 쓰르라미가 비아냥 거린다
"쓰리렴 쓰리렴~ 속이~ 쓰리렴"

매미는 마지막 기력을 다해 부른다
"미음~ 미움~~ 미"
행여나 찾아올까
밤새도록 큰 나무를 지킨다는 핑계로
미동도 없이 메말라 가고 있었다

한가한 날

겨울이 머물다간 고단한 뜨락의 오후
그 안에 갇힌 햇볕이
끔벅끔벅 내려앉는다

나뭇가지에 열려있는 오래된 까치집 하나
오늘따라 무겁게 보이고
눈이 시린 하늘에 기러기 떼
선을 그으며 떠나간다

새 바람이 새 봄을 몰고 온다

나뭇가지를 살랑살랑 흔들면
뜨락의 복슬이도 덩달아 살랑살랑 꼬리치고
햇볕에 취해 끔벅끔벅 졸다가 깨다가
어쩌다 눈 마주치면
못 본 척 끔벅끔벅 잠을 깨운다

나른한 뜨락이 졸음으로 가득차고
한껏 기지개를 늘린다

오늘은 모처럼 한가한 날

내 이름은 어디갔나

1.
바닷물이 밀려오면
이름이 하도 많아
부르다 지쳐 빠져 죽을 수도 있겠구나

학창시절엔
이름 석 자 꼬박꼬박 불러주었다

나라 지키려 군대 갔더니
사랑하는 님도 못 지키고
군바리 아저씨로 개명되었다

어렵게 직장 잡아 출근했는데
첫날부터 이름 두 글자 반납 당하고
겨우 성씨 한 자락 허락 받았다

장가든 게 잘 한 걸까
신선했지만 낯간지러운 이름 잠깐 부르더니
아빠라는 듬직한 이름으로 한참을 불러 주었다

2.
바닷물이 밀려오면
이름이 길어
바닷물에 빠져 죽을 수도 있겠구나

혓바닥 한번 꼬아야 불러지는 길고도 긴 이름
할 일 없는 아버지라는 마지막 이름
그냥
할아버지라고 부른다기에 감지덕지했다

강아지도 이름이 있고
들고양이도 나비라는 고운 이름이 있다
이름 없는 들꽃이라지만
알고 보면 예쁜 이름 다 가지고 산다

조금만 아주 조금만 지나가면
영감님이란 높은 벼슬이름으로 불러준다지만
더 늦기 전에 결단을 내려야겠다

3.
내 이름을 찾아주세요
내 본래의 이름
아버지께서 고심 끝에 지어주신 이름

오랜 세월 때 묻고 빛바래
흔적조차 없어졌다면
옛날 혈기왕성 할 때 불렀던 청년이란 이름이라도
다시 불러주면 좋으련만

살아도 살아도
배울게 많아서이니
그냥 부르기 편하게
학생이라고 불러주면 황송하겠다

팽이치기

세규네 집앞 문전옥답에
물꼬를 막은 덕에 팽이싸움이 벌어졌다

못생긴 놈 잘생긴 놈 분칠하고 나섰지만
이기고 지는 것은 채찍에 달려 있다고 이구동성 떠들었다

족제비나무 채 끝에는
누이가 아끼던 나이롱치마 한자락 작살내어
갈기갈기 찢어 물까지 매겼다

송기 묻은 소나무 채 끝에는
막내 기저귀에서 뽑은 통 고무줄과
누이동생 고무줄놀이 검정고무줄을 보태어 달았다

대나무 채 끝에는
양지 편 누이네 뒤뜰 닥나무 껍질을
숨어숨어 벗겨와 부들부들하게 꼬아 달았다

팽이 때리기가 시작 되었다
매가 두려운 놈들이 먼저 쓰러진다

작은 놈이 큰 놈에게 도전장을 냈다
세차게 한방 먹이고 잽싸게 튀어나와 중심을 잡는다
작은 고추가 맵기는 맵다

팽이는
좋은 채찍으로 매를 맞아야 이길 수 있다
사람은
좋은 스승에게 매를 맞아야 성공할 수 있다

인생 길

가쁜 숨 몰아쉬는 산행 길
가쁜 숨 토해내는 인생 길
가쁜 숨 세어보는 생명 길

산허리에 올라
푸른 하늘에
부서진 상흔傷痕들을 펼쳐본다

곧 흩어질지도 모를
구름 한 조각
내 인생일수도 있겠네

뭉클 어리는 뜨거운 눈물
식은 땀방울처럼 메말라가겠지
그렇게 인생도 식어가는 거야

눈을 감고
산새소리 듣는다
이곳에 유일한 내 벗이 살고 있었네

새벽비 오시는 날

마냥 내릴 듯한 새벽비는
메마른 대지에 생명을 불어넣고 있습니다
어둠으로는 씻어내지 못했던 세상 곳곳을
말끔하게 치워주고 있습니다

날카로운 솔잎에 잠시 안착하려 하였지만
금세 눈물방울이 되었습니다
그 눈물은 추운겨울을 무사히 이겨냈다는
안도의 눈물인가요
머지않아 찾아오는 따가운 햇살에 대한
두려움의 눈물인가요

오늘 찾아오신 단비는
생명을 충전하고 영혼을 씻어주는 고마운 손님입니다
우리의 생명수입니다

새벽비가 내일 새벽까지 풍족히 오신다면
내일 내리는 비도 새벽비가 맞는 거겠지요
내일 또 찾아오는 새 생명의 생명수겠지요

답싸리가 품은 뜻

1.
커다랗고 시커먼 도라무 통에서
온갖 쓰레기들이 비명을 지르면 불타고 있다
달궈진 통 옆에 지쳐 쓰러진
빗자루 두 놈이 나란히 누워있다
놈들의 몸뚱인 닳고 닳아 뼈대만 앙상하다

하나는 싸리비이고
그 옆에 답싸리비는 바로 나이다
이름은 비슷하나 우린 형제도 아니고 집안도 아니다
숙명처럼 만난 직장동료일 뿐이다

싸리비는 내 앞에만 서면
거만한 표정을 지으며 우월감에 차 있다
싸리라는 전통의 나무이름을 갖고 태어나
따뜻한 봄이 오면 싸리 꽃을 잔잔하게 피워
그 향기의 극치를 만인에게 선사한다고 자랑한다

나는 내세울만한 것이 별로 없어
다음 임무를 위해 묵묵히 쉬고 있었다

다만 한 가지 생각나는 건

오뉴월 뙤약볕에도 굳건히 서서 서늘한 그늘을 놓고
주인 집 독구가 혓바닥 길게 물고
오수를 즐기게 해 준 것 밖에 없다

2.
싸리비는 자랑을 이어 간다
주인이 자기를 소중히 여겨 두 묶음으로 나눠묶어
서로 힘을 보태며 살라고 배려했다고 했다

나는 내세울만한 것이 별로 없어
다음 임무를 위해 묵묵히 쉬고 있었다

그럴 수밖에 없는 것이
온 몸을 통째로 칭칭 동여 맨 것도 모자라
무거운 맷돌로 짓눌러
납작하게 만들어 놓았기 때문이다

싸리비는 얼굴이 벌겋게 상기되어가고 있었다
시간이 지날수록 달궈지는
쓰레기통의 열기 때문만은 아니었다
평소 같지 않게 허둥대는 모습이 불길하기까지 하다

자신은 워낙 건강해서 무거운 돌무더기도
단번에 쓸어버린다고도 했다
하지만 늘 마무리 작업은 내 몫으로 남겨두면서도

3.
인간들은 자연의 질서를 무시하고
필요한 것들만 골라 한곳으로 모아놓는 바람에
청정한 세상을 파괴하고 있다는 데에는
의견의 일치를 보았다

물고 빨다 내 던져버린 쓰레기가 있어
우리가 태어났으며
깨끗하게 정화하는 데에는
우리의 헌신적인 희생이 있었다는 점에서도 공감했다
주인 두 손에는 우리들이 들려 있었다
임무가 끝나면 탁탁 터는 주인 버릇에
싸리비는 미리 겁을 먹었지만
나는 나긋나긋한 팔다리가
아직도 쓸만 해 견딜 만 했다

출신성분을 되뇌였던 그의 자존심을 지켜주고 싶어
그의 비명소리를 못 들은 척 했다
풀도 아닌 것이 나무도 아닌 것이
어찌 나무랄 수 있겠는가
그를 참을성이 없다고 나무랄 수도 없다

같은 해에 태어나 같은 일을 해 왔는데도
그의 팔다리는 문드러지고 꺾여 상처투성이었다
튼튼하다는 것만 믿고 자신의 몸을 혹사 시킨 것 같다

4.
어쩐지 공기가 싸늘하다
주인의 한 손이 시커멓게 타오르는 불길 위로 지나갔다
몽당싸리비를 불길 속으로 던져 버린다
삽시간에 벌어진 일이라 작별인사도 못했다
평생토록 헌신한 대가치고는 너무도 비참했다

싸리비가 떠난 지금 못할게 무엇인가
그동안 출신성분이 애매해서
입술을 깨물고 살았지만
싸리비처럼 불에 타서 한줌의 재가 될지라도
너희들이 물고 빨았던 오물들과는
절대로 섞이지 않을 것이다
팔다리가 다 달아 없어져 망가지는 날까지
노예로 살지언정
내 주어진 의무를 다하다 죽을 것이다

싸리비 그대와 나는
처음부터 운명이 정해져 있었던 거였어
또 다른 세상에서
기품 있게 만날 운명일 수도 있을 거야

그 때 만나면
인간쓰레기들까지 싹싹 쓸어 버리고 왔다고
전해 줄 것일세

아비의 마음

태양에게는 달이라는 예쁜 막내딸이 있다
가까운 곳으로 시집을 보냈지만
살림한다는 핑계로 새벽녘에 잠깐 전화를 하곤 했다
한밤중에 전화가 올 땐 받지도 못했다
어쩌다 낮에 와서는
손톱만큼 빼꼼히 얼굴만 내밀다 갔다

딸보다는 아들이 나을까싶어 아들을 낳았다
아들은 인간세상이 아비 품보다 좋은가 보다
호젓한 방죽에 빠져 우렁이를 잡고
바다에 숨어 용왕궁 공주와 파도타기도 즐겼다

잠시 구름과 스치다 보면
푸른 숲에 숨고 빌딩 숲에 숨고
작은 섬 바위틈에도 숨어
숨바꼭질 하느라 아비도 잊었다

지친 아비는 서산마루에 앉아있다
호수한편에 헤엄치는 아들이 보였다
아비는 붉은 꽃가루를 곱게 뿌려 주었다

팽이는 매를 맞아야 산다

팽팽팽 팽이가 돈다
윙윙윙 팽이가 운다
팽팽팽 돌아서 팽이라고 부른다
윙윙윙 운다고 윙이라고 부르지는 않는다
윙이 보다는 팽이라는 이름이 어울리기 때문이다

세규네 논바닥에서 팽팽팽 팽이가 돈다
세규가 물고를 진즉에 막는 바람에
윙윙윙 논바닥이 울고 있다

큰 팽이는 자리 잡고 폼 잡으며 돌고
작은 팽이는 깡충깡충 뛰면서 돈다
쇠구슬 박은 팽이 미끄러지며 돌고
쪼그마한 좀팽이는 저만치 도망가서 돈다

얼굴에 빨간 줄 하나 그어 돌렸다
온 얼굴이 빨갛게 번져간다
술 취한 것 같이 비틀거리며 돈다

이색저색 부지런히 그어 돌렸다
얼굴 가득 무지개가 뜬다

세규네 논에도 찬란한 무지개가 뜬다

우리 집 안방에서도 돈다
밥상 위에서도 돌고 눈을 감아도 쉬지 않고 돈다
나를 따라 다니며 돌고 지구와 한 방향으로 돈다

인생은 팽이처럼 돈다
인생은 팽이처럼 매를 맞는다
팽이는 인생이다

숫자 2(둘)

나는 숫자 2(둘)를 좋아한다
많은 숫자 중에 가장 좋아한다
둘은 짝이라서 외롭지 않고
둘은 합의 시작이라 좋다

둘은 안정과 평형을 유지한다
하늘을 나는 새들도 두 개의 날개를 가졌다
한 개의 날개로는 날 수가 없다

생김새도 모양이 난다
제 몸 일부를 눕혀 꼿꼿이 서있다
좌절하지 않는 불사조 모습이다

다른 숫자를 보라
스스로 서 있을 수가 없다
꼬부라지고 휘어져서 넘어지고 만다
머리도 무거운데 외발이니 어찌하랴

나는 숫자 2를 사랑한다
손녀들이 태어난 날이 22일이다
손녀가 둘이다

한 번에 두 배의 기쁨을 주었다

오늘이 며칠인가
행운의 날 2일이구먼
둘째 아들놈이 정신 차리고
좋은 소식 보내려나

애벌레 세상

잎사귀 무성한 굴참나무에서
애벌레가 외줄 그네를 타고 있다
꿈틀꿈틀 신나게 타고 있다

맑은 하늘에 태양 빛이 가득한데
굴참나무가 비를 맞고 있다
애벌레가 신기하게도 빗줄기에 매달려 있다

굴참나무에 사는 애벌레는
써걱써걱 굴참나무를 뜯어먹고
꿈틀꿈틀 허공을 쏠아먹고
꼬불꼬불 꼬부랑길을 갉아먹었다

배속으로 들어간 꼬부랑길이
꼬불꼬불 기어간다

진 빠진 굴참나무는 깊숙이 골이 패였다
진땀을 흘리며 나를 내려다보고 있다
물총을 쏘아댈까
병해충 방제차를 요청할까
한바탕 소나기라도 퍼부어라

꼬부랑길을 빼앗긴 나는
오고 갈 길이 없어
우두커니 하늘만 쳐다본다

동거

열 손가락이 모자랄 만큼 함께 살아온 그녀는
새 애인이 생겼다는 믿을 수 없는 거짓말을 했다
야박하게도 고심초사 할 여유조차 없이
삐까뻔쩍한 고급차가 모시러 왔다

바다구경도 단풍구경도 함께 했다
한적한 섬에도 들어가 온 밤을 지새워도 보고
일 년에 한두 번 영화도 같이 봤다
우리사이엔 그 어떤 비밀도 군림하지 않았다

세월이 세월을 식힐 무렵
사랑의 감정도 점점 식어만 갔다
말은 안했지만 머지않아 이별을 예측하고 있었다

그녀는 병원을 찾는 날이 빈번했고
나는 외면해 버린 적도 많아졌다
아마도 담배연기를 많이 마셔서 아픈 것일 게다

어느 때는 도랑으로 밀어 버린 적이 있었다
술 먹고 저지른 일이라지만
아끼는 마음이 부족했기 때문이다

담배를 물고 있으면 재떨이를 내밀었고
덥다고 하면 굉음을 내는 에어컨일망정
잽싸게 틀어 주었다

그녀는 오늘
나의 온갖 민낯과 추태를 끌어안고
순종과 희생만 남겨두고 내 곁을 영영 떠나갔다
지금은 그녀의 거친 숨소리만이 여운으로 남아있다

단 한 번도 불러보지 못했던 그녀의 이름을 부른다
처음이자 마지막으로 갈구하며 부른다
50소 3793호 자동차여 안녕

어촌의 밤

노을 머금은 파도는 어둠도 삼켰다
거센 힘 키워 갯고랑을 정복하고
선창에서 유유자적 청춘들을 불렀다

파도를 가르는 기타연주가 동네를 깨운다
눈물의 편지들이 소금바람 속으로 잦아들었다

"말없이 건네주고 달아난 차가운 손
가슴 속 울려주는 눈물 젖은 편지"

"헤어지자 보내온 그녀의 편지 속에
곱게 접어 함께 붙인 하얀 손수건"

열두 줄 쌍줄기타는 야릇한 굉음으로
집 떠난 아가씨들을 부르고
닻줄에 코가 낀 뗏마 찰싹찰싹 흥을 돋우지만
파도에 지친 꽁지 배 자장가 삼아 들었다

바다가 좋아 떠날 수 없었다는 동네 이쁜이들
그럴 듯한 핑계에 속아주고
바다냄새 짙은 사내들이 좋았기 때문이라고

그 누구도 감히 추궁하지 못했던 거야

그 시절 순박했던 청춘들은 다 어디로 갔나

선견지명 先見之明

1.
좁은 구멍에서 꾸역꾸역 나온다
지 몸집보다 큰 짐을 앙다물고
더듬이를 휘저으며 달려간다

하늘에 사는 건지 땅위에 사는 건지
넙적한 것도 있고 뾰족한 것도 있고
요상한 것들에게 압사 당할지도 모르지만
위험을 무릅쓰고 어디론가 달음박질 한다

개미들은
왜 벌건 대낮에 떼를 지어
소동을 벌이는지 모를 일이다
소풍을 가는 걸까 이사를 가는 걸까
아니면 정상을 정복하려는 것일 수도 있다

2.
넓은 구멍에서 꾸역꾸역 나온다
지 몸집보다 큰 차를 앙다물고
두 눈을 부릅뜨고 달려간다

하늘에 사는 건지 공중에 사는 건지
시커먼 것도 있고 희뿌연 것도 있고
묵직한 먹구름임을 알고 있으면서도
앞 다투어 그 때 그 맛 집 앞에 줄지어 서 있다

사람들은
왜 벌건 대낮에 떼를 지어
소동을 벌이는 지 모를 일이다
소풍갈 준비를 하는 걸까 회식 할 준비를 하는 걸까
아니면 그 때 그 맛에 붙잡혀 있는 것일 수도 있다

3.
먹구름 한 조각 아스팔트에 수를 놓으며 번져가고
저 아랫녘에서 굴러 왔다는 형체도 없는 것이
가로수를 흔들며 시비를 걸기 시작했다

삽시간에 애기똥자루만한 조각들은
지하도를 삼키고 도로 위를 점령했다
맨홀뚜껑을 열어 재끼고 무더기무더기 토해내며
온갖 것들을 쓸어버리는 하늘과 땅과의 싸움 이었다

그때서야 사람들은
개미행세를 해대고 있었다
개미가 더듬이를 휘저으며 달려가듯
두 손을 휘저으며 높은 언덕을 향해 질주하고 있었다

사람들은
개미들의 피난행렬을 하찮은 미물이라
거들떠보지 않았다
개미들도 진즉에
사람들이 우매한 미물임을 알고 있어
거들떠보지도 않았다

무궁화 꽃이 피었습니다

1.
윗마을 어귀 마당 넓은 집에
언니와 막내가 살았습니다
타마구 바른 통나무 전봇대가 마당 끝에 서서
반지르르 화장을 하고 아이들을 불렀습니다
어금니 두 개가 불거져 나와
전기선인지 전화선인지 앙다물고 있었고
아이들은 그 전봇대가 언니네 꺼라고 했습니다

술래는 전봇대에 얼굴을 묻고
실눈을 뜬 채 외쳤습니다
언니가 먼저
내가 다음에
들킨 애들이 돌아가면서
무궁화 꽃이 피었습니다
무궁화 꽃이 피었습니다
전봇대도 윙윙 외쳤습니다

2.
언니가 돈 벌러 읍내 직물공장으로 떠났습니다

막내는 전봇대에 얼굴을 묻고
눈을 감은 채 울면서 외쳤습니다
내가 먼저
또 다시 내가 한 번 더
들킨 애들이 돌아가면서
무궁화 꽃이 피었습니다
무궁화 꽃이 피었습니다
전봇대도 언니가 보고싶어 윙윙 울었습니다

3.
아랫마을 양지바른 집 툇마루에
두 노인이 나란히 앉아 햇볕을 품습니다
오래뜰은 무궁화나무로 울타리를 쳤습니다
외치지 않아도 무궁화가 알아서 피워줍니다
어렸을 적 하도 외쳐댄 은덕일지도 모릅니다

아랫마을로 시집 온 두 여인은 언니와 막내입니다
언니가 이별곡조로 구슬프게 부릅니다
평생에 유일한 곡 애절하게 부릅니다
동해물과 백두산이 마르고 닳도록
하느님이 보우하사 우리나라 만세

막내가 뒤를 이어 서럽게 부릅니다
무궁화 삼천리 화려강산
대한사람 대한으로 길이 보전하세

언니의 머리 위에도
막내의 머리 위에도
무궁화 꽃이 피었습니다
하얀 무궁화 꽃이 만발하게 피었습니다

난蘭을 치며

차가운 달빛이
뜨락 가득 질펀히 누우면
고려산을 넘어온 한줄기 바람이
달빛을 흔들어 세우고
나를 흔들어 깨운다

먹을 담뿍 찍어
한줄기 바람을 실으면
등 가려워 긁어주듯
시원함이 있다

그어도 그어도
채워도 채워도
모자라고 허전하다

저 차가운 달빛의 떨림처럼
파르르 붓끝이 떤다

3부

그리움을 넘은 사랑

첫 사랑을 만나던 날

당신을 찾아
밤낮없이 해매기를
수 없이 하였어도
만날 수 없더니

어느 여름 날
비 오시는 날
비를 피하려다
우연히 만났네

할 말을 잊었나 싶었는데
무슨 말을 하였는지도 모르겠네
조금 전 일인데도 아득한 꿈만 같고
추억인지 현실인지 구분 못하네

정신을 가다듬어
차창에 부딪치는
빗방울 소리에
귀 기울여 보네

너를 닮아 보려고

그녀 뒤를
따라 걷는다

그녀 발자국
밟으며 걷는다

눈치 챌까 부끄러워
몇 발자국 뒤에서 걷는다

그녀의 온기 느끼기 위해
그녀의 마음 알기 위해

누가 볼까 뒤돌아보다
그녀 발자국 놓쳤다

네 쉴 곳은

하늘을 날던 오리 한 쌍
수초에 숨어 쉬려는데
서걱대는 갈대울음이 거슬리고
발자국 소리에 날아오른다

봇둑에 머문 바람
손님으로 반기지만
물 위에 낙엽들의 쑥덕거림과
불빛들이 떨면서 자살하려 하네

네 쉴 곳은
저 높은 창공을 포용하는
석양의 노을인 것 같다

들으면 들리는 소리

빗물에 찌든 때 씻어내며
몽환夢幻의 숲에 오른다
대자연의 청아함이 공기와 진동하는
심오한 현실의 속삭임을 듣는다

꽃봉오리 하늘 물 먹는 소리
버들잎 머리감는 소리
길 잃은 개미들의 더듬이 소리
처마 끝 방울방울 미끄럼 타는 소리

산 아래 관공서 탄원歎願의 소리
주야장천 서있는 건물들 포만飽滿의 소리
절 지붕에 내려앉는 고해苦海의 소리
도망가는 세월 빗방울과 마찰摩擦하는 소리

타락의 온갖 소음 잠재우고
들으려하면 들려오는 자연의 속삭임을
마음으로 듣고 눈으로 느끼며
새 옷으로 갈아입는다

질투

뭇별들이 겨루며 밤새도록
그녀의 집을 지키고 있다
등치 큰 달빛은 별빛보다 먼저 훤히 밝히고
그녀의 방안 깊숙이 파고들었다

요즘은 대낮에도 종종 그녀를 훔쳐보고 있다
나만큼이나 보고 싶은 걸까
그녀의 복스러운 얼굴이
자신을 닮았다는 소문에 궁금해서 일거야

날개도 없이 동동 떠 있으려니 얼마나 힘이 들까
우리 집 마당에 잘 다듬어 놓은 솔가지 위에
앉았다 가라고 해야 겠다
폭신하고 두툼한 구름방석 깔린 곳에
잠시 쉬었다 가라고도 권해봐야겠다

그녀를 사랑해서가 아니라
그녀를 좋아해서가 아니라
스쳐지나가는 길에
닮았다는 호기심으로 잠시 기웃거린 거라면
나는 얼마든지 호의를 베풀어 줄 여유가 있다

아련한 모습

그리움 너머로
아지랑이가 아른거리고
그 속에
그녀의 모습이 숨어있다

바람이 그리 세지도 않은데
아른아른 흔들릴까

강산이 여러 번 바뀌었는데
굶기고만 있었네
추억만 먹으라 했던
내 불찰이었네

바람이 그리 세지도 않은데
날아갈까 두렵다

혼자라서 행복하다

그립다 말하면 더 그리워 질까봐
그리움만 안고 살았습니다
보고 싶다 말하면 더 보고 싶어 질까봐
보고픔만 간직하며 살았습니다

이토록 아픈 것이
내가 살아있다는 증거임에
행복하다고 말 할 수도 있겠네요

태양은 항상 그곳에 살고
시간은 다시 찾아와 그 자리에 있고
세월은 잊혀진 것 뿐인데
혼자서만 정처없이 가고 있었습니다

슬픈 사랑도 미운 사람도
늘 내 곁에 머물며 지켜주었고
모두 그 자리에 있었을 뿐인데
혼자서만 외로운 길을 빨리도 가고 있었습니다

이제야 혼자가 아님을 어렴풋이 알겠지만
혼자일 수 밖에 없다는 것도 알았습니다

때때로 섬뜩섬뜩 무섭긴 해도
혼자라서 행복하다고 말할 수 있겠습니다

가을 편지

그동안 잘 지내셨는지요
작년 이만 때쯤 편지를 띄워 드렸지요
이 슬픈 계절을
마음 놓고 사랑해도 되느냐고 물었었지요
아직까지 회신이 없어 다시 띄워봅니다

파아란 하늘을 펼쳐놓고
하얀 구름을 찍어 적었습니다
못다 적은 사연이 있다면
가을 밤 은하수가 채워 줄 겁니다

짧은 사연이 못마땅하시면
빨간 단풍잎하나 겉봉투에 붙여 보내드리지요
무명으로 보내서 되돌아오지는 않겠지만
대문짝만하게 수취거절이라고도 붙여 놓겠습니다

그래도 되돌려 보내신다면
아직도 이 가을이 슬픈 계절인지 알지 못해
받을 수 없다고 그 이유를 달겠습니다

가을편지를 쓰렵니다

답장이 없어도 슬프지 않게
저 청아한 하늘에 꾹꾹 눌러 쓰렵니다

시인의 뜨락

너의 뜨락에는
봄날 꽃망울 피어나듯이
시詩가 피어나고

봄꽃 향기 그윽해
뜨락을 찾는 사람들은
언제나 행복하다더라

오늘도 시인은
봄꽃 한 다발 정성들여 화병에 꽂듯
영혼의 화병에 시詩를 꽂는다

너의 뜨락은
시인도 모르는
시인의 마음이지 않니

눈雪이 들려주는 이야기

당신들의 표현대로
나는 하늘에서 펄펄 춤추며 세상으로 내려갑니다.
무거운 몸 이끌고 넓은 세상 위에서 둥둥 떠다니다가
이곳저곳에 더러운 오물이 많아 덮어주려 내려갑니다
내 몸 갈기갈기 뜯어내어
당신들의 세상을
눈이 시도록 깨끗하게 만들려고 내려갑니다
내 몸 찢는 아픔 달래 주려는지 예쁜 이름 지어주었지요
골고루 덮어주니 함박눈이라고 반가워했고
차곡차곡 덮어주니 싸락눈이라 환영했지요

그런데 무슨 변덕입니까
나를 배척하기 시작합디다
집채만 한 삽으로 번쩍 떠서 한 곳으로 밀어 놓고
윙윙거리는 쇳덩이로 거친 바람 일으켜
시궁창으로 불어 버리기도 하고
큰 이빨을 듬성듬성 드러낸 시커먼 놈이 온몸을 찍고 찍어
먼 곳까지 실어다 동댕이를 칩디다.
요즘엔 찝질하고 번쩍번쩍한
정체모를 가루를 듬뿍 뿌려
나를 녹여 달달 볶았습니다

그동안 저 높은 곳에서 고생 많았다고
편히 쉬라는 뜻입니까
원래대로 돌아가라는 뜻입니까

당신들 뜻대로 되었지만 아직 남은 오물이 있었어요
내 몸 다시 희생해 꽁꽁 얼려 덮어주었습니다
이제는 미끄럽다 위험하다 법석입니다
어디에 장단을 맞춰야 합니까

처음부터 본래의 모습대로 내려 갈 것을 그랬나 봅니다
아름다운 이름들이 기다리고 있었는데요
가뭄을 일시에 해소하니
단비라 하고 장대비라 하였지요
심했나 싶어 잠시 걸음을 멈추니 소나기라고 하였지요
몸 젖을세라 조심조심 내려가면
보슬비로 이슬비로 불러주더군요

당신들은 가뭄에 대비한다는 명분을 만들어
나를 한곳에 가두었지요
내 몸 안에서 물고기도 키우고,
꼬부라진 바늘로 마구 찌르기도 하고

그 육중한 알몸을 풍덩 내던지고는
바둥거리며 몰매를 주었지요
급한 마음에 무거운 몸 이끌고 뛰어 갔더니
폭우라면서 가두었던
내 몸의 일부를 사정없이 쏟아버렸습니다
그리고는 홍수피해를 입었다고 또 아우성입니다
내 본 뜻은 땅속깊이 쉬면서 지상의 모든 생명들에게
골고루 양분을 나눠주고 싶었는데
당신들은 내 뜻을 무시하고는 나를 원망합니다

요즘 당신들 정말 한심 합디다
나를 원망하다 하다
이젠 끼리끼리 싸우고 난리를 치네요

이제는 더 이상 참을 수가 없습니다
세상위에서 인내심 갖고 내려다보다가
서로 흠집내기 급급하고 계속 다툰다면
당신들 세상으로 다시는 내려가지 않으리다
가뭄이 어떤 것인지 체험해 보시구려
눈도, 비도, 물도 없는 세상에서
실컷 싸우며 잘 살아보시구려

비오는 창문

그녀는 저 낡은 창문만도 못합니다

어제는 강렬한 햇살을 동강동강 쪼개주더니
오늘은 땀을 뻘뻘 흘리다 못해
눈물을 펑펑 쏟고 있습니다
맑거나 비 오거나 이 나이 먹도록 나를 감싸 줍니다

그녀는 저 창문 밖에서 훨훨 살면서
이 안에서 기다리고 있는 나를
까맣게 잊고 지냈을 겁니다
그녀의 품성이 그 정도이니까요

누구를 원망 하겠습니까
저 창문이 만만 하겠지요
그리움만 키우게 했다며 귀담아 들어 주겠지요
창문 밖과 이 안의 세상이 다르다는 것도 알고 있겠지만
아마 내색도 하지 않을 겁니다

어느 날 거센 바람이 불었을 때
깨지고 부서졌으면 끝을 보았을 것을
잠깐 흔들거리다 제자리로 돌아 온 것이 잘못입니다

결국엔 한없이 내다보게 만들고 말았으니까요

창문은 첫사랑 보다 낫고
그녀는 저 창문만도 못한 겁니다
그래도 첫사랑이니까
창문 밖 그녀가 그립습니다

빈 터

빈터에 긴 세월을 뿌리고
그 위에 얇게 추억을 덮습니다
살포시 움트는 가련한 새싹 하나
언제나 당신의 모습입니다

메마른 빈터에 눈물방울이 적셔들면
촉촉해진 그곳에는
가련한 새싹 하나
그리움으로 다시 피어납니다

당신을 눈길로 감싸 안습니다
가까이 갈 수 없기에 체온이 없는 당신이지만
떨리는 맘 감추고
한발자국 다가가 그리움을 나눕니다

빈터에 석양이 찾아 왔습니다
추억은 붉게 동화되어 흐트러지고
당신을 향한 그리움도 붉게 물들어 갑니다
언제나 그랬듯이

빈터는 내 가슴이었습니다

내 가슴앓이였습니다
죽을 때 까지 아니 죽어서도 이곳 빈터에
당신을 꼭 잡고 놓아주지 않겠습니다

애착

엄청 무겁다
고래심줄보다 질긴 인연의 끈이
어제를 묶어 놓아서
오늘로 넘어설 수가 없다

과거의 뜰에 갇혀서
당신의 텅 빈 영혼을
끌어안느라
오늘을 잊었다

쌓아온 허상을 무겁게 끌어안고
사랑이라고
차마 놓아 줄 수가 없다고 고집한다

어제도 당신을 놓지 못했고
오늘도 날짜의 개념도 없이
당신을 놓지 못한다

이제는 그 세월이 원망스러워
놓을 수가 없다
매일같이 당신을 불사르고 있어도

점점 더 타오르고 있다

조문 弔問

눈물샘 마른 걸까
덤덤히 서 있었다 그 여인은
슬픔을 보여주지 않으려는 것이겠지
아무런 일도 없었던 것처럼

세월이 흐르고 흐른다 해도
은연중에 묻어나는 서러움은
어찌 감당하려는지

장례식장 위에는 하늘이 없었다
한 모퉁이 돌아 다시 본다
하늘이 울고 있었다

끈적끈적한 안개비가
얼굴에 차갑게 앉는다
내 눈에도 안개비가 숨어 있었나 보다

안개 속으로 묻혀가는 애틋한 기억들
새삼스럽게 떠오르는 몇 안 되는 추억들
차창에 엉기었다 나뒹군다

많은 날들이 지나다 보면
서러움인지 그리움인지 녹아버리고
언제인지는 모르지만 그 때쯤이면
안개비도 말짱히 거치겠지

황혼에 부는 바람

가슴이 쿵쾅쿵쾅 방아를 찧는다
해묵은 사연 벗어버리는 날이 드디어 왔나보다
오늘은 그 여인을 만나는 날
꺼칠한 수염도 밀어내고 반백의 머리도 물들였다
시골스럽다 한들 무슨 대수인가

억새 숲에 숨어사는 카페가 옛날부터 있었다
뻐그러진 간판이 고달픈 세월을 매달고 있었다
한 시간 전부터 와있었다
노친네 코끝에 걸린 안경너머에는
뿌옇게 안개가 서려가고 있었다

덜커덕 문 여는 소리 환청인 듯 들려올 때
덜커덕 가슴도 내려앉았다
둔한 손가락 꼼지락꼼지락 설렘을 달래고
별로 어울리지도 않는 어색함을 아예 감춘다

자식자랑 건강얘기 익숙하고도 평범한 이야기
잠 설치며 준비했던 그럴듯한 이야기는
나이를 먹다 보니 금세 잊어버렸다

시간은 숨차게 달려가고
여인의 옛 모습은 찻잔에 빠져 허우적일 때
먼 산 보듯 무심히 바라본 창문 밖 억새풀
바람과 노는 게 아니라
어서 일어나라고 손짓하고 있는 거네

청춘과 패기 다 내 곁을 떠나고
기대감도 애틋한 설렘도 풀었나 싶으니
오신 김에 그리움 마저 모두 가져가시게

심경 心境

그 곳은 깊고 깊은가
그 곳은 넓고 넓은가
아픔도 슬픔도 꼭꼭 채우고
기억하기 싫은 기억들도 모두 모아서
한없이 꾹꾹 눌러 채우고는
무거운 뚜껑으로 짓눌러 놓을 것이다

뜨거운 햇볕이 작열灼熱하는
양지바른 외진 곳에 세워 두었다가
온종일 말리고 잊어버리고 말려서
메마른 바닥이 들어 날 때까지
평생 동안 열어보지 않을 것이다

많은 세월 소취小醉하며 살다보면
오랜 세월 조용조용 살다보면
평온平穩하고 편안해지겠지

4부

고향의 향기

고향의 갈바람

어릴 적 고향에는 맛있는 바람이 불었다
누런 벼이삭과 춤을 추더니
밭뙈기 새끼줄 울타리를 사뿐히 넘어
지스러기 멍든 고추들을 어루만지고 있었다

속살을 들어낸 고추들이 지붕위에서 일광욕하면
빠알간 속살 더위 먹을까 살랑살랑 토닥이고
마당가득 도리깨질 콩을 털면
내 이마의 땀방울까지 토닥여 주었다

굴뚝에 걸린 거미줄에서 바둥거리다가
마른 잎 새 하나 따서 물고
가을하늘을 듬뿍 담은 돌우물에 동동 띠어
코 박고 목을 축였다

갈바람은 우리 집이 좋았나 보다
돌담 사이를 비집고 나가
너덧 줄 남겨놓은 콩밭 이랑으로 숨기도 하면서
온 종일 집 주위를 떠날 줄을 몰랐다

어릴 적 갈바람은

고향집 구석구석을 뛰어 다녔다
손길 닿는 곳마다 톡톡 여물며
살금살금 고향을 누비고 있었다

낯설지만 낯설지 않은

옹기종기 모여 살던 집
새 옷으로 예쁘게 갈아입었다
길섶에 외따로 주저앉은 너는 아직도 외롭게 살고 있고
해변으로 가는 언덕배기엔
큼지막한 새 집이 위풍당당하게 자리 잡고 있다.

저 곳이 언덕빼기였나 산등성이였나
기억을 흔드는 사이
"거시기 거기 누구시요"
꼬부라진 허리 길게 펴며 백발노인이 물었을 때
우리 할아버지 할머니 들먹여 겨우 찾은 내 이름 석 자
알아봐 줘서 두 손 잡고 반가웠다

칠십년 세월 내 고향 지켜준 이 누구일까
이름 모를 꽃 한 송이 유일하게 반기고
해변에서 놀던 갈매기 떼 먼 여행을 떠났어도
비릿한 해변바람은 여전히 남아 있었다
이 곳 저 곳에 남아있는 기억들이 새롭구나

고향을 떠나간 미안함을 어떻게 보상할까
쓸쓸한 내 영혼 하나 더 보태어 주면

어릴 적 옛 모습으로 다가와 주려는지
낯설지만 낯설지 않은 여기가
내 고향이었구나

대추나무

1.
소도둑놈 소몰 듯 황급히 쏟아지는 소낙비 소리는
여름을 몰아내는 고함소리 일 수도 있지만
내 어릴 적 들었던 대추나무의 울음소리가 분명하다

어릴 적 친구네 마당엔
커다란 대추나무가 한 그루 서 있었다
황소 몸통보다 더 굵은 몸집으로
부잣집 외양간에서 놓친
황소고삐 줄을 둘둘 말아 쥐고 있었다

덩치에 비해 가늘고 짧은 가지와 잎사귀가
어울리지도 않았고 애처로워 보였지만
해마다 아기주먹만한 대추열매가
가지가 찢어지도록 매달려 있는 게 신기하기만 했다

2.
어느 가을 하늘 높은 날
친구네 마당 가득
제 멋대로 생기고 뜯어진 멍석들이 얼키설키 깔리며
대추나무는 몰매를 맞기 시작했다

굵은 장대 긴 장대 두들겨 매 맞을 때
덩치 큰 대추나무는 울음을 토해냈다
두두둑 두두둑
소낙비 떨어지는 소리로 울부짖었다
친구네 마당엔
얼룩얼룩 피멍 든 대추들이 널브러져서
이리 쓰러지고 저리 넘어지고
떨어진 잎 새 뒤에 숨어 파르르 떨고 있었다

대추나무가지가 왜 그리도 왜소한지 그때 알았다
대추나무 잎사귀가 왜 그리도 가냘픈지 알게 되었다
모두가 떠난 한밤 중 상처투성이 앙상한 가지 끝에
열매 대신 통통한 보름달이 매달려 있었다
내일부턴 무거운 몸집 조금씩 줄여서 오겠다는데
그게 무슨 위로가 되나싶었다

3.
소낙비가 내리고 있었다
덩치 큰 대추나무는 울음을 토해냈다
두두둑 두두둑
소낙비 떨어지는 소리로 울부짖었다

오늘 같은 날
풋대추를 따서 입에 문 게 잘못이었다
조심스럽게 가지위에 되돌려 놓는 건
지난 날 상처투성이 대추열매가 애처로워서가 아니라
소낙비에 젖어 꺼름직도 하지만
비릿한 맛 때문에 먹을 수가 없는 것이다

지금도 친구네 마당엔 대추나무가 버티고 서 있었다
주인은 떠나고 없지만
지난날 미운 정 고운 정 삭일수가 없어서이다

벌초 1

사랑 한 자락 품고 영면하신 당신
야트막한 봉분위엔 잡풀들이 무성하고
당신께서 누우신 옆에 이름 모를 들꽃 한 송이
당신 보듯 반깁니다

자식걱정에 불면으로 지새운 숱한 밤들
몰아 몰아서 주무시고 계시는 지요
세월도 긴 여정을 비틀거리며 찾아왔건만
긴 잠을 주무시고만 계시네요

정성으로 낫질했던 당신의 며느리는
세월을 이기질 못하고
당신이 계신 하늘나라로 떠났습니다
서툰 손주의 요란한 예초기 소리에
놀라지 마십시오

당신은 밝은 빛을 가져다준 인연이었고
내 삶의 숨을 쉬게 해준 분이십니다
오늘따라 사무치게 그립습니다
큰절 올립니다 할머니

벌초 2

이때쯤이면
당신 손잡고 뒷동산에 올라 솔잎을 땄었지요
찐한 솔향기는 송편 먹을 때 보다
더 좋았습니다

당신 손에서 나는 찐한 냄새가
솔향기 인줄만 알았습니다
한참 후에야 구수한 그 냄새가
진한 담배냄새였음을 알았습니다

윙윙윙 예초기 소리는
당신의 편안한 잠을 깨웁니다
볼 위로 흐르는 짠맛은
눈물방울이 아니라 땀방울일 겁니다

당신이 보고파도
눈물을 흘릴 나이는 지났습니다
어리광을 가슴으로만 안고 살 수 있도록
세월을 가르쳐 주었지요

솔 향인지 풍년초 향인지는 모르지만

그리운 그 향내 다시 느낄 수는 없는지요
큰 절 받으십시오 할아버지
죄송합니다 그냥 죄송합니다

상상想像이나 할까

무거운 책가방을 번갈아 옮겨 잡으며
자갈돌 걷어차며 힘들게 걸어간다
어머니가 겨우겨우 사주신 운동화
흠집 낼까 조심하면서도
돌 구르는 재미에 느려터지게 걷어차며 걷는다

오늘 지각遲刻한 녀석은 어제도 지각遲刻을 했다
정문을 피해 뒷담을 타고 넘는다
무거운 책가방 번쩍 치켜들고 벌罰서던 그때 그 모습을
지금 아이들은 상상이나 할까

내렸다 올렸다 사지四肢를 비비 트느라
치켜든 가방사이로
도시락 김칫국물 톡톡 떨어지는지도 몰랐다
선생님은 제대로 벌罰을 서고 있다고 보셨을까
못 본 척 슬쩍 눈감아 주셨겠지

구멍가게에서
먼지 쌓인 꽃그림 편지지를 고르고 고른다
등잔불 옆에 촛불하나 덤으로 세워
밤늦도록 공부를 한다

어머니가 그 실체를 아셨다면 등을 두드려 주셨을까
꿀밤으로 머리통에 불이 났겠지

숨결과 채취를 듬뿍 담아 어설픈 편지를 쓴다
읽고 또 읽고 다시 읽어보다 새우잠을 자고
결국은 못 붙이고 우체부 아저씨만 원망했던 그 때를
지금 아이들은 상상이나 할까

세상은 세월을 이길 수 없어 변할 수밖에 없겠지만
나보다는 네가 먼저 변해 가는 게 힘이 든다
변화하는 세상을 따라 가려니
오늘도 나는 숨이 가쁘다

정자나무 1

언덕배기 정자네 마당엔
커다란 정자나무가 마을을 굽어보고 있었다
내 어릴 때 시집간
정자누이를 생각나게 하는 나무였다

온 종일 나무주위를 맴돌던 그늘은
어르신 탁배기 술상도 따라서 맴돌게 하고
이따금씩 장기알 구르는 소리는
훈수꾼의 졸음을 쫓았다

아낙들의 입방아는
순이네 살구열매 터지는 소리까지 전해주니
정자나무는 동네의 온갖 비밀의 무게가 버거워
늘 축 늘어져 있었다

겨울바람이 살점을 후비던 날
정자나무에게도 예리한 톱날이 살점을 후볐다
토막 나고 뻐개져 여기저기 나뒹굴었지만
끝끝내 비밀을 실토하지는 않았다
정자나무는 정자네 처마추리 밑에 차곡차곡 쌓여지고
이곳저곳으로 팔려가기도 했다고 한다

지금 그 자리엔
여덟 개의 뿔을 가진 정자가 마을을 굽어보고 있었다
한쪽에 아무렇게나 자란 갈대무리가
몸부림치며 가리키는 곳엔
군데군데 호박넝쿨이 슬픈 흔적을 덮어주고 있었다

나는 어렴풋한 정자누이의 기억마저 날아갈까 두려워
두 발을 호박잎 속으로 숨기며
호박넝쿨을 지그시 밟고 있었다

정자나무 2

1.
언덕배기 초가집에 예쁜 딸이 태어났다
이름을 정자라고 지었다
그 후로 언덕배기 초가집을 정자네라고 불렀다

정자네 마당에는 커다란 정자나무가
마을을 굽어보고 있었다

언제부터인지 옛날부터
정자나무 그늘에는 평상이 있었다
한해 두해 점점 그 세력을 넓혀만 갔다
정자네 정자도 정자엄마도 정자아부지도
정자할머니도 정자할아부지도 정자네 고양이도
정자나무도 함께 살았다
정자나무가 정자네 집이 되었다

정자네 정자나무는 편안한 날이 없었다
비바람을 막아 줄 때에도
동네 이장을 뽑을 때에도
동네 대소사를 논할 때에도
우뚝 서서 지켜 주었다

때로는 술주정도 들어주고
말다툼에 시시비비도 가려주고
장기판 바둑판 깔아 놓으면 밤새도록 지켜주고
야밤에 찾아온 연인들의 은밀함도 눈감아 주었다

아이들이 할퀸 상처 살갗이 찢어져도
손 때로 반질반질 닦아내면서
가지마다 서너 명 씩 끌어안고서
언제나 너울너울 춤을 추었다
굵은 가지 골라서 그네를 매어 놓고는
어른이 아이 되고 아이가 어른 되는
상쾌감도 누리게 해주었다

정자나무는 동물을 사랑했다 독구도 메리도 검둥이도
누렁이도 바둑이도 발발이도 불러 모았다
제각각 자기영역이라고 다리 한 짝 들고 못된 짓을 해도
코 한 번 풀지 않았다

정자나무에서는 사람냄새가 났다
정자나무에서는 동물냄새가 났다
정자나무에서는 동네냄새가 났다

2.
언덕배기 정자네 초가지붕이 두툼해 질 무렵
정자는 시집을 갔다
언덕배기 정자네 정자나무가 두툼해 질 무렵
정자나무도 시집을 갔다

정자네 초가지붕에는
기와지붕이 올라섰다
정자네 정자나무자리에는
기와정자가 올라섰다

동네에 이변이 일어났다
사내 수는 줄어들고 정자 수는 늘어났다
양달 말 한복판에도 정자가 들어섰고
응달 말 회관 옆에도 정자가 들어섰고
금골 홰나무 옆에도 정자가 들어섰다

시집간 정자나무는
정자나무가 동네사람들을 돌봤었다
시집온 정자들은
동네사람들이 정자를 돌본다
해마다 몸단장하고

이장도 부르고
술주정뱅이도 부르고
바둑이 새끼들도 부르지만
어쩌다 낯선 이들만이 찾아와 뭉개다 떠난다

정자들은 뿔이 났다
정자나무의 옛이야길 들을 때마다 질투가 났다
여섯 개 여덟 개 뿔이 났다
이대로라면 열두개의 뿔도 나온다고 했다

정자들은
오늘도 외로이 홀로서서
언덕배기 정자네 대문 열리는 소리에 귀 모으고 있다
정자가 정자나무가 될 때까지
주야장창 기다리겠다고 했다

어머니

1.
부뚜막 오지그릇에 밥풀 묻은 감자 서너 개
소쿠리를 뒤집어 쓴 채 숨어 있습니다
당신이 어디 가셨다는 표시였지요

땅거미 문 앞에 서성일 무렵
머리에 이었던 베수건 품에 안고
종종걸음으로 달려오신 우리 어머니

인삼 밭 품팔이 또 가셨었네요

땀 냄새 둘둘만 수건 속에는
한나절 곁두리 곰보빵 하나
바스락 바스락 숨어 있습니다

등잔불 긴 그림자 문살을 넘나들면
어머니 긴 한숨도 온 밤을 넘나들고
곱다시 뜬 눈 새우시고도 가시렵니까 인삼밭에

살림살이 자식 걱정 쌓아만 놓으시다
무거워서 어쩌시려고요
온갖 시름 어둠속에 묻으십시오

2.
초점 잃은 눈에서 흐르는 눈물은
지난 날 베갯잇을 못 다 적시셨는지요
마지막 남기신 무섭다는 가날픈 목소리는
두고두고 애간장을 저밉니다

어머니의 손이 잔잔히 차가워 질 때
기껏 말씀드린다는 게
자식들 걱정 놓으시라는 한마디 였습니다
이 자식의 불효막심을 용서 하십시요

이제야 고백 합니다
어머니가 할머니 될 쯤에서야
어머니의 흰머리가 보였습니다
내 새끼 자라는 모습만 보였습니다

오늘도 인삼 밭에 가셨습니까
어머니 땀 냄새나는 눅눅한 곰보빵이 그립습니다
어머니의 함박웃음이 그립습니다

너무너무 보고 싶습니다 어머니

아버지

우리의 세대는 '아버지'를 '아빠'라고 부르지 못하고
'아부지'라고 불렀다
'아빠'라고 부르면 상놈의 자식이라고까지 했다
아버지는 항상 근엄하고 무서운(?) 존재였다
어린 시절의 나는 아버지와 함께 살지 못했다
고등학교를 졸업 할 무렵에서야
아버지는 홀연히 돌아 오셨다
우리가족은 일 년 중에 할아버지 할머니 생신날에만
 아버지를 볼 수 있었다
나와 동생들은 아버지가
반가우면서도 쑥스러웠고, 손님을 맞이하듯 대했다.
그렇지만, 막연하게나마 생신날이 기다려졌고
설날이나 추석명절에는 자꾸만 대문 밖을 주시하며
아버지의 헛기침소리가 들리는지 귀를 세웠다

어느 날 막내 동생은 나에게 물었다.

"형! 아부지한테 업어 달라고 해도 돼?"

지금도 그 목소리가 귓가에 생생하다
동네 친구들의 응석이 무척이나 부러웠나 보다

"아부지한테 그러면 버릇없는 놈이 되는 거야!"
막내는 무슨 뜻인지도 몰랐을 것이다.

지금의 막내는 한 가정의 아빠가 됐다.
아버지처럼 살지 않겠다더니 결심을 대단히 했나 보다
막내는 자식들과 친구처럼 소통한다
내 눈엔 신기하다
엄해야만 아버지의 역할을 다하는 줄로만 알았는데…
모처럼 아버지와 손잡고 걸은 적이 있었다
지금도 작은 오솔길이 떠오른다
발목까지 덮이는 풀숲길은 아버지가 걸었고
나는 가운데 편안한 흙길을 아버지 손에 매달려 걸었다
두껍고 큰 손에서 끈적끈적한 땀이 내 손을 적셨다
쥐었다 폈다를 반복 할 때마다 아팠지만 참고 또 참았다
아버지가 어려워서가 아니라 좋았기 때문이다
쥐었다 폈다를 왜 자꾸만 하셨을까?
그 것은 반복된 사랑의 표현이셨나 보다
나도 아버지가 되었을 때
그때를 기억하며 자식들과 손잡고 걸어 보았다
쥐었다 폈다를 반복하면서
내 자식들은 기억이나 할까?!!

아버지의 진한 사랑을 메마른 눈물로 화답한다
아버지의 크신 손 꼭 잡고
아까운 세월을 보상받고 싶습니다

하늘에 계시는 아버지
보고 싶습니다

한 여름 밤

1.
헛간 공중에 선반을 메어놓고
혹여나 서생원들이 솔아 먹을까봐
둘둘 말아 잘 보관했던 밀거적이
여름밤을 기다리고 있었다

노을이 어둠속으로 빨려 들어갈 쯤이면
잔 돌 하나 없이 곱게 다져진 넓은 앞마당엔
할아버지가 메어놓은 밀거적이 반듯하게 펼쳐졌다

사랑방에서 새끼꼴 때 친구해 주던 라디오를
나는 할아버지 허락도 없이
밀거적 한복판에 가져다 놓았다
라디오 등 뒤에는 자기 등치보다 더 큰 라디오약이
검정고무줄에 꽁꽁 묶여 매달려 있었다

마당 한편에선 동네 총각들이 분주하다
묶은 볏짚 반 묶음을 뽑아 불 소시개로 바닥에 깔고
그 위에 얼키설키 쑥대를 눕혀 성냥불을 그었다
쑥대 타는 쑥 냄새가 뭉클뭉클 품어대면
윙윙거리던 모기들은 때가 됐다고 줄행랑을 쳤다

아침이 오면 두 눈 비비며 일찌감치 밭둑길로 나가
가장자리에 멋대가리 없게 쑥쑥 자란 쑥들을
사정없이 쑥쑥 잘라 한 짐 져다놓은 덕이라고
늙다리 총각은 늘 공치사를 했다

모깃불을 집히는 대는 한 가지 이유가 더 있었다
쑥대 타는 쓰디쓴 냄새가 집집마다 스며들면
모기들은 물러가고 사람들은 모이라는
묵시적인 신호이기도 한 것이다

2.

아낙네들은 자기자리가 정해져 있었다
제 각각 정성껏 마련한 먹거리도 정해져 있었다
가마솥에 밥 지으며 얹어 찐
주먹만 한 감자 대여섯 개가
밥풀을 덕지덕지 붙인 채로 사발 위에 수북하고
사카린 살짝 뿌려 삶은 노오란 옥수수는
아직도 따끈하고 달착지근한 게 입맛을 다셨다

어쩌다 새 색시가 찾는 날이면
어디가 아랫목인지는 모르지만 상석으로 모셔놓고
아낙네들의 궁금증과 상상력은 누룩빵처럼 부풀러 올라
입방아 찧는 소리에 여름밤을 깨웠다

새 색시가 들고 온 주전부리는 새 색시를 닮았다
달빛을 받아 반짝거리는 양푼 안에
가지런히 담은 쑥개피리 떡은
앙꼬를 배터지도록 먹어서 볼록한 것이
새색시 볼만큼이나 통통했고
묵은 김치 쭉쭉 찢어 넣고 부쳐 온 부침질에선
참기름 냄새인지 화장품 냄새인지 모를
야릇한 냄새가 났다

3.

저 만큼 툇마루에 턱을 받치고 있던 늙다리 총각은
누가 시키지도 않았는데
두레박에 묶어 우물에 던져 놓았던
낮에 먹다 남은 막걸리 한통을
익숙한 솜씨로 걷어 올렸다
비록 장가는 못 갔지만 막걸리 안주 감으로
부침질이 찰떡궁합임을 알고는 있었나 보다
어르신 한잔 받아 얼큰하게 목을 축이면
턱수염에 묻은 허연 막걸리 찌꺼기가
달빛에 유난히도 뻔득였다
배부르다 벌러덩 누운 늙다리 총각 위로
수많은 별들이 쏟아진다
밀거적 치고는 제법 푹신함을 맛보면서
아낙들의 이야기가 모기소리만큼 점점 작게 들려오면
짝사랑 이쁜이가 단잠 속으로 깊숙이 파고들었다

늙다리 총각 집 삽살개는 주인 옆을 지키고
게다짝 벗어던진 주인의 발바닥을 살살 핥아주었다
화들짝 깨어 아쉬움을 달래나 싶더니
애꿎게도 삽살이 머리통을 호되게 쥐어박았다
삽살이의 으르렁대는 반격에

엄마 품에서 단잠 자던 아기들은
일시에 깨어 칭얼대고
아낙네들은 아기입보다 더 큼직한 눈깔사탕으로
입을 틀어막았다

4.

라디오에서 흘러나오는 땡 치는 소리
동양방송 연속극이 쑥 향기와 뒤섞여 번져간다
매일 반복되는 광고가 지나고
연속극 주제가가 울려 퍼지면
너 나 할 것 없이 약속처럼 조용해지고
울기도 하고 웃기도 하고
주인공 괴롭히는 놈 매일같이 욕을 하면서도
이시간만 되면 기다려지는 것은 무슨 이유일까
귀는 쫑긋 날을 세우면서도
입은 쑥개떡을 쑥덕거리며 먹느라
여름밤은 바쁘게 돌아가고 있었다

땀내 맡고 덤비는 모기들이 쑥 향에 취해 어리덕거리면
설 잠 잤던 노친네들은
하나 둘 어리 덕 어리 덕 집으로 향하고
입방아 찧던 아낙네들도
아이들 등에 업고 엉덩이 토닥이며 돌아간다

모두가 돌아간 마당에는
동네의 온갖 소문만이 무겁게 남아
오도 가도 못하게 여름밤을 묶어놓고 있었다

홀로 남은 외로운 달빛
돌담을 넘고 창문을 열고 모기장 속으로 파고 들어가
깊어만 가는 여름밤의 운치를
서늘한 달빛으로 시원하게 식혀주고 있었다

할머니 생각

강화도 남쪽 그 바닷가
말테기 언덕 넘어서면
봄의 기운이 나래를 편다

논이랑 지나 보리밭 밟고 놀던 바람
할머니 옷고름 열어젖히면
왠 봄바람이 이리도 거세냐며
큰 손주 손길인지 모르고 계셨다

바람 한 점 없는 따스한 한낮
옹기종기 장독대 아지랑이가 졸고
할머니는 손가락 찍어 장맛을 보셨다

댑사리 그늘 밑에 복구와 천둥이
혀 물고 오수를 즐길 때
나는 할머니 무릎에 앉아
코가 시도록 햇볕을 마셨다

뜰 안에 암탉 날개 짓하면
기다린 듯 꺼내 오신 따듯한 달걀 한 개
위 아래로 구멍 내어 어서 먹어라 하셨다

눈 감으면 그 모습 내 앞에 있는데
눈을 뜨면 어디로 숨어버리나
어느새 나는 할머니를 생각한다

땅벌

1.
돌무지로 넘어가는 길섶에 땅벌이 산다고 했다
그 애길 들은 지 오래 됐지만 잊은 것은 아니었다
친구를 믿었을 뿐

머뭇머뭇 조심조심
그러면서도 빨리빨리
저 앞에 아이들이 줄행랑을 치고 있었다

갑자기 웽웽 탈곡기 돌아가는 소리가 났다
풀숲에서 땅벌들이 웽웽 쏟아지고
눈 위에선 까만 점들이 무더기무더기 떠다녔다
친구는 그자리에 납작 엎드려 뻐꾹뻐꾹 뻐꾸기를 불렀다
나도 덩달아 뻐꾹뻐꾹 뻐꾸기를 불렀다

악머구리 끓듯 웽웽 달려들었다
죽을 둥 살 둥 뛰었다
고구마 밭을 가로지르고 콩밭을 겅둥겅둥 건너뛰며
뻐꾹뻐꾹 뻐꾸기를 애타게 불렀다

상고머리카락 사이를 누비고 있었다
정수리를 뒤통수를 귓바퀴를 가리지 않았다

뻐꾸기는 아주 먼 곳에 있었나 보다

양손을 치켜들어 털어내며 달렸다
소매를 비집고 들어가 겨드랑이를 정복하고
등허리로 뚫고 들어가 엉덩이를 강타했다
머리털 보다 땅벌이 더 많은 줄 알았다

2.

마당에서 할머니가 메주콩을 털고 계셨다
머리에 감긴 땅벌 너덧 마리 메주콩 털듯 털어 내셨다
어느 틈에 머리통이 된장독이 되어 있었다

쿡쿡 쑤시고 따끔따끔 찌르고 옴찔옴찔 쥐어뜯었다
쏘인 땅벌이 옴찔옴찔 거릴 때마다
옴찔옴찔 쥐어뜯는다는 게 맞는 말일까

땅벌처럼 윙윙 울어도
뻐꾸기처럼 뻐꾹뻐꾹 울어도
아픔이 멈추질 않았지만
빨리 밤이 오기만을 기다리기는 했다
밤이 되면 쏘인 땅벌 놈들도 잠을 잘 테니까

지금까지도 궁금하다
땅벌은 뻐꾸기를 무서워나 하는 건지
된장을 무서워하는 건지
더 궁금한 것은
어느 놈이 땅벌에게 돌팔매질을 했을까

땅벌은 건드리지 않으면

공격하질 않는단다
가족이 위험하면
적을 무찌르고 장렬히 전사한단다

비오는 날 학교 길

밤사이에 내린 비는 지칠 줄을 몰랐다
탄탄하게 돌돌만 책보 한 자락 끝을 옷핀으로 고정한다
남자 아이들은 휘장을 두르듯 한쪽 어깨에 걸쳐 메고
여자 아이들은 동생 업듯이 허리춤에 동여매었다
비 오는 날이면
거꾸로 동여매어 배불때기가 되었을 뿐이다

키 작은 아이는 왕골 우장을 질질 끌며 벌 서며가고
댓살 우산을 든 아이들은
훌러덩 뒤집혀 바람에 끌려갔다
비료포대 터서 씌운 비옷은 종아리까지 가려져
그런대로 편안했다

높은 냇둑은 오늘따라 낮아 보이고
둑을 훑으며 지나가는 흙탕물은
으르렁 으르렁 소리를 질렀다
거품을 토해내며 소용돌이치는 그곳은 징검다리다
바지를 걷어 부친 키 큰 아이의 허벅지가
굵고도 탐스러워 안심이다

더듬더듬 징검돌을 용케도 찾는다

남자 아이들은 손잡아 건네주고
여자 아이들은 업어서 건네준다
물 밑을 보지마라 키 큰 아이의 당황한 외마디에
등에 업힌 아이 겁에 질려 바짝 엎드린 채
건너편을 보면
이미 건너간 아이들이 부럽기만 했다

시커먼 글자들이 비웃고 있었다
"묘비소요, 비료요소, 요소비료"
아이들이 입은 비옷에는 브랜드가 있다
디자인도 가지가지 제품도 가지가지였나 보다
무사히 건넌 아이들 콧잔등에는
빗물인지 땀방울인지 송알송알 맺혀있고
윗 통을 벗은 키 큰아이
비틀어 짜며 뒤를 쫓았다

학교를 향해 달리는 발걸음이 가볍다
품안에서 달그락대는 건 무슨 소리일까
빗소리일 수도 있고 숨소리일 수도 있다

양철필통에 몽당연필 한 자루가 떠오른다

반쪽으로 쪼개져서
장단 맞추고 있는 게 분명했다

지각하는 아이들이 없었다
비오는 날은 더욱 없었다 선생님 말고는
까까머리에서도 단발머리에서도
김이 모락모락 피어올랐다

할머니의 자장가

한 겨울 어스름한 초저녁
들창사이로 실 같은 어둠이 스며들었다

어둑어둑한 창밖을 본다
앙상한 가지에서 버둥대는 잎새들
어둠속으로 떨어질까 끔벅끔벅 애태우면
할머니는 나지막이 토닥이셨다

할머니 젖가슴을 더듬는다
아늑하고 포근함을 만지작거린다
수없이 꼬꼬닭을 나무래고
수없이 멍멍개를 나무래도
문풍지 소리 더 가까이 들려온다

선잠에 덧든 나는
다리 밑에서 주워 왔을까
다리 밑으로 다시 보내지는 않을까
한 겨울 방안엔
문풍지 소리 자장가 소리
쓸데없는 걱정거리가 가득한 채
겨울밤은 깊어만 가고 있었다

영감님 기일忌日

뒷동산 영감님 봉분封墳 옆에 할미꽃
시들시들 남아있다
지난해 보다 더 꼬부라진 허리
등가죽에 아랫배 꼬들꼬들 붙었다 할미꽃

뻑뻑 긁어 소금물 부어 담근 동치미
국물에 밥 말아 먹고 대충 한 끼니 때웠다
바쁘다면서도 은쟁반에 정성껏 받쳤다
하얀 베 보자기 땅바닥에 붙어 기어오른다

봉분 옆 노친 네 굽은 허리 허리춤 잡고 편다
솔가지 사이로 허어연 신작로길
까아만 고급차 먼지 풍풍 풍기며 도망가고
백발머리 넘석넘석 씰그러진 어께 기우뚱기우뚱

굽은 허리 허리춤 잡고 털썩 주저앉는다
오늘이 음력으로 그날이 맞지
굵은 손마디 꼽았다 폈다 헤아린다
애꿎은 봉분을 꼬집어 비튼다 잡풀을 뽑는답시고

영감님 봉분에 저녁이 내려 앉았다

솔가지 사이에도 어스름한 저녁이 걸려있다
상돌 위 쉬파리 똥 깔겼다
노친네 응뎅이가 쉬파리에게 큰절 올린다
응뎅이만 번쩍 들고서

체념한 하얀 베 보자기 땅바닥에 붙어 내려간다
돋보기 걸친 콧잔등주변 눈물이 번져간다
양력 음력 따지는 시국타령으로 돌리면서 노친네

여인과의 동거

카네이션 한 송이가 매달려 있습니다
오래전에 그 여인의 가슴에 달아드렸던 것이었지요
몇 년이 지났어도 시들지 않고 향기가 납니다
그 여인의 손때가 양분이었나 봅니다

그 꽃만 보면 그 여인이
금방이라도 달려 올 것 같습니다
한 해가 가고 서너 해가 흘렀는데도
달려 올 것만 같습니다

카네이션 한 송이를 서랍에 넣었습니다
그 여인을 위해서입니다
세월이 버린 길을 찾아오기 힘들 것 같아서 였죠
풀이 무성하고 따가운 가시밭길이 되었을 겁니다

오랜만에 무심히 서랍을 열었습니다
그리도 보고팠던 그 여인이 웃고 있습니다
언제 와서 같이 살고 있었나요
문득 문득 당신을 불렀었는데

내가 사는 모습 지켜보고 계셨네요

부끄러워서 당신을 볼 수가 없을 것 같아요
서운해서 당신을 볼 수가 없을 것 같습니다

이제 서랍을 닫겠습니다 어머니

동네 친구들

1.
친구야
추억의 그 시절을 기억 한다
조상님 봉분封墳에서 미끄럼 탔던 그때를
땀 범벅된 뒤통수에 검불이 가득해서
동네를 끌어안던 세찬바람도
우리들을 비껴 달아났었지

붉은 열매 뽀루스 한입 가득 물어
시큼한 맛 입안에 녹아내리면
서럽지 않은 눈물 한 방울
먼 산에 떠 있고
송기松肌 찢어먹던 그 떫은맛은
입가심 치고는 제법 이었어

2.
추억의 그 자리도 기억한다
조상님 묘 불장난으로 이리 뛰고 저리 굴렀네
용감한 아이들은 웃통을 제끼고
솔가지 꺾어든 형들 코끝은 까맣게 벌렁거렸다
어르신 갈퀴자루 호되게 매 맞을 때
울다 웃다 오줌까지 지렸다

이제는 조상님 모두 이사 가셨나 보다
높은 축대 꽃 담장에 낯선 새집만 줄지어 서서
친구들 아우성마저 짓누르고 있구나

여기 따스한 햇살에 녹아있는 그리움은
우리들 마음속의 희망일거야
만날 수는 없지만
그 웃음소리는 이곳을 지키고 있을거야

내 고향 양지촌

내 고향 양지촌은
옛날냄새가 난다

봄이 오면
개나리 울타리가 노랗게 단장 할 때
지난겨울 개구멍 뚫어 흠집 내 놓은 게 후회가 되었다
두꺼비 한 마리 수컷 등에 업고
개구멍으로 어슬렁거리며 나오면
나는 밟을까 조심스러워 발밑을 먼저 보았다

여름이 오면
굴목냄새 맡고 자란 배나무가지에 매미가 숨어서 울고
녹색물결에 갇힌 뜸부기는 뜸들이며 노래를 했다
잘 익은 보리이삭 조신하게 고개 숙이면
나는 보리밭노래를 흥얼거리며 화답해 주었다

가을이 오면
코스모스의 한들거림에 넋을 놓아버리고
노을이 물드는 단풍에 취해 해가는 줄도 몰랐다
밥상에 오른 풍성함은 포만감으로 살을 찌우고
나는 무수히 떨어지는 낙엽을 밟으며 낭만을 배워갔다

겨울이 오면
추위가 두려운 사랑방 문풍지가 부루루 떨고
화롯불 끼고 앉아
노랗게 익은 고구마를 호호 불어 먹었다
꼬질꼬질한 군대담요 깔아놓고
뒤집어 지도록 화투장 던질 때
나는 뻥이요 자연뻥이요
목청껏 동네 형들을 응원했다

내 고향 양지촌은
생각나는 것마다 옛날냄새가 난다

자치기 놀이

산마루를 타고 넘은 붉은 햇살은
조급한 아이들을 불러 모은다

비석치기 할 사람 여기 붙어라
구슬치기 할 사람 여기 붙어라
땅따먹기 할 사람 여기 붙어라

자치기 할 사람 많이 붙었다

빈 밭뙈기 보다는 마당이 좋겠다
이왕이면 필랑이네 넓은 마당이 제격이지
사랑채 호랑이 대감님 아랫말 마실 가셨단다
너무 좋아 오줌 지릴 뻔 했다

슬쩍 덮어놓은 길쭉한 구멍 다시 후벼 판다 후후
가이가이보 가이가이보 장깨이뽀
포수와 범이 잽싸게 정해진다

어미가 새끼를 사정없이 후려친다
까뭇까뭇 마당을 가르며 질주한다
팔랑팔랑 꽁지가 빠져라 도망친다

눈감지 말고 눈 떠라 눈
겁먹지 말고 잡아라 잡아
형들의 호통소리에 얼떨결에 잡았다
우리 편 환호성에 무릎까진지 몰랐다

키 작은놈 앞에서고 키 큰놈 뒤에서고
두 다리 엉거주춤 두 손 번쩍 치켜든다
석자 넉자 어림친 게 용하게도 맞았다
욕심 부리다 포수한번 못해 볼 뻔 했다

아이들에게 여름방학은 짧고도 짧다
어른들에게 여름방학은 길고도 길다
온 종일 따라다니던 붉은 햇살은
아이들 흘린 땀방울 주어 담느라
여름방학은 참 길고도 길다고 했다

창호지문

먼지 끼고 헌 창호지문이 방을 지켰다
한 군데 난 구멍은
방의 숨길이었을까

어느 해 햇볕 따가운 날
어머니는 추위가 온다며
새 창호지로 갈아 붙였다
물 한 모금 입에 물었다 뿜어내고
또 한 모금 골고루 뿌려주었다

문살 중간쯤에 직사각의 유리조각이 박혀 있었다
먼동 살며시 받아들여 늦잠을 깨워주고
문풍지가 울 때는 희끗희끗 눈발을 보여주었다

얇은 창호지가 두터운 세상을 만들었다
문 안에는 검정 광목이불이 방바닥을 덮고
문 밖에는 하얀 눈이 장독대를 수북하게 덮었다
덧댄 창호지 사이에 숨어있던
빠알간 단풍잎과 노오란 국화꽃은
어머니의 걸작품이었다

창호지문은 겨울 내내 방을 지켜주었다
동그란 문고리는 긴 꼬리로
달그락달그락 신호를 보내고
어머니는 새 창호지문에도 한 군데 구멍을 내어
방의 숨길을 틔어 놓았다

손 때 묻은 지팡이는
창호지문이 애잔하여
한겨울 내내 문설주에 기대어 서서
꼬부라지도록 지켜주었다

할머니의 암탉

물 한 모금 입에 물고 하늘 한번 쳐다보고
다시 한 모금 고개 들어 두리번두리번 살펴보고
무슨 죄 많아 그리 눈치를 보냐고 하지만
이상한 소문을 듣고 속 시끄러워 그런단 말이지

죽으면 모르는 세상 신경 쓸 일 아니지만
그래도 그 소문 듣고 식음을 전폐하려 하였으나
매일 거르지 않고 안부를 물으시는 주인할머니
그 정성에 탄복해 정신을 차렸단 말이지

몇 날 며칠을 잘 먹어 알짜배기 영양분으로만 키워서는
모진 세상밖으로 내놓은 내새끼들 걱정이 태산 같았으나
깨질세라 얼먹을세라 소중히 걷어 주시잖아 할머니가

할머니의 성품을 잘 알고 있단 말이지
얼마 전 새끼들이 보고 싶어 꿍꿍 앓고 있을 때
커다란 떡시루에 푹신한 방석을 깔고
내 자식들을 모두 불러 앉히고는 상봉하게 해 주면서
보름하고도 대엿새나 품고 있게 해 주셨다니까 글쎄

나를 죽여 놓고는 도마 위에서 난도질을 한다나 뭐나

그 소문은 뜬소문 일거란 말이지
창피하게 홀딱 벗기고는
머리칼도 아닌데 보글보글 복고 지글지글 지지고
시뻘건 새 옷을 입히고는 골고루 분가루도 뿌린다는구만
죽어서 그런 호강 받으면 무슨 소용이 있나 싶단 말이지

수탉 놈이 와서는 귓속말로 전하는데
우리가 입던 옷이 따듯하다 하여
서로들 빼앗고 난리였는데
요즘은 하도 여러 종자들이 쏟아져 나와
천대를 받는다는구만
불행 중 다행이란 말이지
오리란 놈이 벗어놓은 옷이나
거위란 놈이 벗어던진 옷이나
네발달린 놈들이 버리고 간 옷들도
인기가 많아 호들갑을 떤다는구만

죄가 많아 눈치만 보냐고 핀잔을 줬지만
나하고 너무도 닳은 오리란 놈이
떼를 지어 하늘 높은 줄 모르고 날아다닌다고 해서
부러워서 하늘 한 번 쳐다 본 걸 가지고

뭘 그러냐 말이지

두리번두리번 했다고도 씹더구만
잠시 갈피를 잡을 수가 없었던 것은 사실이란 말이지
살아서 쓸데 없던 내 날개죽지가
죽어서 인기 있다는 말에
원망의 눈길을 주다가도
고개를 흔들며 마음을 다졌을 뿐이구면

한치 앞도 모르는 세상
미리 애태운다고 해결되느냐 말이지
마음을 비우니 편안하고 평온하단 말이지
그리고 평정을 되찾게 해준 데에는
늘 버팀목이 되어주신 인자하신 할머니가 계신단 말이지

＊＊＊

할머니는 오늘도 변함없이 암탉둥지를
인자하신 모습으로 살피셨다
암탉이 날개 짓 하며 꼬꼬댁 꼬꼬댁 반긴다
할머니 손에는 따뜻한 달걀 한 개가

깨질세라 들려 있었다
암탉이 보는지 안 보는지는 모르지만
아래위로 구멍을 빵빵 뚫어
귀한 손주 놈에게 쪽쪽 빨아 먹었다

동산학교

양지바른 산자락에 제일 먼저 진달래가 피었다. 겨울 내내 숨어있던 동산은 봄소식을 듣자 우리들을 초대했다. 학교로 향하는 순진한 모범생들을 유혹하며 싱그러운 봄의 동산으로 인도하고 있었다. 학교냐 이곳이냐, 망설였던 몇몇 아이들마저 대장격인 '형'의 단호한 결정에 오늘 한번 뿐이라고 마음을 다지며 빨려들고 말았다.

우리는 만장일치로 '동산학교'라는 이름을 붙여 주면서, 그곳에 임시학교를 차렸다. 우리들 눈에는 학교와 진배없었다. 널따란 풀밭이 시원하게 펼쳐져있어 잔디운동장으로 제격이고, 작은 둔성이 너머 한 쌍의 봉분은 미끄럼틀로 손색이 없었다. 세 갈래로 축 늘어진 나뭇가지는 철봉 틀로도 훌륭했고, 그 옆으로 칡넝쿨로 꼬아서 매달아놓은 그네는 바람 따라 춤을 추며 우리를 부르고 있었다.

동산학교 교장선생님은 가장 힘이 센 형이 맡으면서, 담임도 하고 체육도 가르치고 음악도 가르쳤다. 그 형은 학교에서는 지지리도 공부를 못했지만 동산학교에서는 제일 높았다. 저 멀리 학교운동장에서 확성기를 통해 호랑이 선생님의 칼칼한 목소리가 들려왔다. 뒤이어 교가를 부르는 친구들의 목소리는 더 더욱 우렁차게 들려왔지만 모두들 관심이 없는 척 했다.

　점심때가 되면 삼삼오오 모여 어머니께서 정성들여 꾸러주신 도시락을 꺼냈다. 가난이 물씬 영근 거무스름한 꽁보리밥이 도시락 가득 수북했다. 땡땡이치는 양심은 남아있었나 보다.

　동산학교 교장선생님이 선창을 했다.

　"감사히 잘 먹겠습니다."가 아니었다.

　"어머니 미안합니다."라고 자연스럽게 외쳤다.

　모두들 동감하듯 아이들도 큰 소리로 따라 외쳤다. 이제부터는 우리는 일심동체가 된 것이었다. 서너너덧이나 되는 아이들은 도시락을 꾸려오지 못했다.

　지긋지긋한 가난이 원수였다. 누가 먼저랄 것도 없이 도시락 뚜껑에 한 숟가락 씩 보태며 아이들을 불렀다. 아이들은 벌써 준비를 하고 있었다. 나뭇가지를 두 동강 내어 껍질을 벗긴 시퍼런 젓가락을 쭉쭉 빨고 있었다. 배고픔이 가신 것은 아니었어도, 소풍 나온 것처럼 상쾌한 기분을 만끽하고 있었다.

　밥을 냠냠하게 먹었더라도 밥값은 해야만 했다.

오후 과목은 열심히 공부한 만큼 대가가 돌아가는 실속 있
는 수업이었다.

구슬치기와 딱지치기, 씨름판이 벌어졌다. 잡기에 능한 아
이들에겐 그 가치를 인정받는 유일한 시간 이었다. 구슬을
한가득 따서 바지주머니에 불룩하게 채우고 어기적어기적
거들먹대고 걸으면 고무줄 바지는 엉덩이에 반쯤 걸려서 신
음하고 있었다.

여자아이들은 공기놀이에 열중했다. 반질반질한 공기돌이
날렵한 손 위에서 춤을 추고, 공기 돌 하나하나 손때가 묻어
반짝반짝 빛이 났다.

한편에선 노래도 부르고 재주도 넘으며 고무줄놀이에 빠
져 사내아이들이 접근하는 줄도 모르고 있었다. 고무줄놀이
주변은 풀 한포기 없이 반질반질 했다.

이러한 모습들은 5~60년 전의 시골출신이라면 한번쯤은
경험해 보았을 것이다. 그 시절 우리는 보릿고개를 넘던 시
기였지만 허기진 배를 움켜쥐면서도 자연 속에서 맑은 공기
를 배불리 마시며 자랐었다고 생각한다.

일명 동산학교는 인생을 배우게 하였고, 삶의 방향을 제시
해 준 값진 추억이었다. 어찌 보면 철없던 어린 시절 반항의
표출이었다 해도, 때로는 지루한 세월을 살아오면서 활력을
불어넣는 신선한 추억으로 떠올랐으며, 자연에서 자연스럽
게 사는 것이야 말로 행복임을 알게 해준 종합대학이었다고
조심스럽게 말하고 싶다.

잠시 정상의 범주를 벗어났던 경험을 통해, 인생에는 정도가 없으며, 반드시 정도를 걷는 것만이 행복한 것만은 아니라는 철학적 의미도 일깨워준 값진 선물이라고도 감히 생각해 본다.

　나는 철없던 시절의 동산학교를 회상하는 과정에서 불현듯, 지금 우리 아이들을 떠올리게 되었고, 그 아이들이 측은한 모습으로 눈앞에 선명하게 서 있었다. 삭막한 콘크리트 장벽에 갇혀서 숨 막히는 삶을 살아가고 있는 것은 아닌지 점점 더 애처롭게 다가오고 있었다. 어른들의 잣대로 짜여 진 각본에 맞춰서, 갇혀 살고 있구나 생각하니 마음이 조급해 지기 시작했다.

　주말에 도시에 있는 자식들을 모두 불렀다. 며느리와 손녀들도 불렀다.

　내가 평소에 산책을 즐겨왔던 호숫가로 데리고 갔다. 잔잔하게 물결을 가르며 노니는 오리들과 이야기도 나누고, 개굴 대며 노래하는 개구리, 호숫가에 떼 지어서 발목을 담그고 온몸을 서걱거리며 맞이하는 갈대 숲, 푸른 풀밭에 듬성 듬성 노랗게 물들인 민들레가 뽐내며 우뚝 서 있고, 길게 자란 꽃대 끝에 하얀 홀씨가 꽃처럼 피어, 조심스럽게 불어도 보고, 저 높은 산중턱에서 풀냄새를 가득 싣고 온 봄바람을 마음껏 마시라고도 했다. 앞서거니 뒤서거니 일일이 물어보는 손주들의 궁금증을 풀어주는 내 자신이 애기들 보다 더 마음이 들떠 있었다.

　이게 행복이구나, 행복은 거창하고 먼 데 있는 것이 아니구나 느껴지는 순간이었다.

왜 진작 이런 생각을 못 했을까 후회가 됐지만 이제 첫 발을 디뎠으니 시작이 반이라고 위안을 삼으며, 다음 주에는 동생네 식구들도 불러야겠다는 욕심이 생겼다.

다음 주에는 바닷가로 갈 생각이다. 짭조름한 바닷바람도 마시고, 맨발로 개흙의 보드라운 감촉도 알게 해 줄 참이다. 바다의 웅장함과 출렁이는 파도를 보며 대자연의 소리를 함께 들을 것이다.

모처럼 할 일이 생겼다 준비를 해야 할 것들이 자꾸만 떠올라 바빠지게 생겼다. 열심히 공부도 해야겠다. 아이들에게 하나라도 더 알게 해 주려면 경험만으로는 부족할 것이다.

이제 내가 할 일은 분명해 진 것 같다. 아이들에게 달콤한 꽃냄새, 상큼한 풀냄새, 구수한 흙냄새를 다시 찾아 줄 것이다.

먼 훗날 내가 떠난 후에도 나를 기억해 주며 애틋한 추억 하나 간직하고 살아간다면 나는 더 이상 바랄게 없을 것 같다.

친구에게!

아무리 바쁘게 살았다고 해도 이렇게 적조했다니.

무슨 생각으로 자네에게 편지를 띄우고 싶었을까.

참으로 무심한 세월이었네.

친구라는 말만 입에 올려도 유년의 냄새가 물씬 나고, 자네의 순박했던 모습과 고지식하고 우직한 성격, 박꽃 같은 해맑은 웃음이 눈앞에 가물거리네.

그 시절이 그립네.

때 묻지 않은 순수함으로 열정이 넘쳐서 사소한 일에도 분개하여 열변을 토하다가, 결론 아닌 결론을 내려고 온밤을 하얗게 새운 적도 있었지. 별로 중요하지도 않은 일에도 끊임없는 의문을 던지며, 정의감에 불탔던 시절이었지.

오랜만에 친구를 불러보네.

친구라는 말 보다 더 정감이 갔던 동무라는 말이 떠오르네. 그때 그 시절엔 동무라는 말을 더 많이 사용했어. 친구는 친하게 사귀는 사람이라는 의미라면, 동무는 마음이 서로 통하여, 오래전부터 가깝게 사귀는 사람이라는 뜻이라고 했지.

그래서인지 새삼스럽게 동무를 입에 담다 보니 옛날 냄새가 나는 듯, 어릴 적부터 인연을 이어온 옛 친구라는 느낌이 들어.

어깨동무! 내 동무! 얼마나 다정다감한 말인가!

동무라는 단어가 슬그머니 자취를 감추게 된 것이, 저 북쪽 사람들이 너무 흔하게 사용해서 그쪽 동네로 날아가 버린 건 아닌지….

시대의 조류를 역행할 수 없으니 동무라는 말도 퇴색될 정도로 세월을 비껴가 버린 거야. 그러나 이 또한 세월의 나이테가 알려준 삶의 지혜라는 생각이지. 그 지혜가 친구를 고향으로 끌어오고 싶었는지도 모르겠네.

친구! 고향으로 돌아오지 않겠는가?

마음만 먹으면 자네는 충분한 여건이 된다고 보는데 자네 생각은 어떤가.

나이가 들면 고향생각이 더 나고, 옛 친구도 그립다고 하던데,

친구는 전혀 생각이 없는 건가? 귀소본능(歸巢本能)이라 하지 않나?

친구의 체취가 남아 있고 추억이 살아있는 고향으로 어서

돌아오게나.

고향에 오면 무엇보다도 먼저 마음에 여유가 생겨서 세상을 넉넉하게 보는

시야를 갖게 된다고 하더군. 자식들하고 함께 사는지는 모르겠네만, 부자지간에도 이제는 순종의 시대는 지났다고들 하던데….

그렇다고 자식들이 무조건 순종하며 살라는 것은 절대 아니지만,

순종이 효도라는 우리의 시대는 추억의 한 페이지로 이미 오래전에 찢겨져 나간 것 같네. 천륜을 역행하는 많은 일들이 우리 주위에 일어나고 있으니 하는 말일세. 명예를 중시했던 시대에 살아온 우리가 어리석었다고 느껴질 정도로 지금의 시대는 명예도, 능력도 돈으로 사고파는 금전만능(金錢萬能) 주의가 아닌가.

자리(?)가 사람을 만든다는 얘기는, 어제오늘의 얘기가 아닐세. 그 자리를 차지하기 위해 절대적으로 돈이 필요하고, 돈을 벌려면 수단과 방법을 가리지 않겠다는 잘못된 생각들이 요즘 젊은이들에게 팽배해지고 있으니 하는 말일세.

내 말에 오해는 말게. 자네 자식들이 그런 생각으로 산다는 것은 아니네.

그저 많은 사람들이 공감하고 있는 부분이라는 걸 알려주는 걸세.

하긴, 이 시대 젊은이들은 지적능력이나 주어진 환경이 우리 세대와는 다르지. 아마 교육의 성장으로 고르게 평준화되었다고 볼 수도 있겠네.

우리들의 시대는 자식들에게 가난을 물려주지 않으려면, 많이 배워야 만이 가난으로부터 탈피한다고 믿었었지. 그래서 농촌의 높은 교육열이 급성장한 증거가 아니었겠나.

우리 주변들만 봐도 시골에서 대대로 물려받은 논밭을 팔아 도시로, 도시로 보내지 않았나.

살림이 넉넉한 집에서나 기르던 재산목록 1호라 할 수 있는 누렁이(황소)마저 자식 교육이라면 아낌없이 팔아서 학비(學費)에 보탰지. 농사일에 몇 사람의 몫을 하는데도 자식 앞에서는 감수하지 않던가.

그렇게 가르쳐온 자식들이 보고 배운 건 무엇이었을까?

우리 주위를 둘러보면 그 해답이 나올 법도 하지만 우리는 침묵으로 일관하지. 이 시대의 흐름으로 치부(恥部)하기에는 너무 벅찬 일이기 때문일세.

친구! 이젠 마음의 결정을 하였는가?

결정의 시간은 오랜 시간을 필요로 하지 않네.

우리가 살아오면서 겪지 않았던가? 모든 일은 한순간의 판단으로 이루어지지 않던가. 순간의 선택이 인생을 좌우한다는 어느 광고의 어휘처럼, 마냥 미루지는 말게나. 설마 까까머리 친구가 반백의 친구가 되어 있다는 것을 잊은 것은 아닐 테지? 세월이란 놈도 요즘 시대를 닮아서 초스피드로 달리고 있네.

친구가 내려오면 이런 장황한 글도 쓸 일이 없으니, 나의 번거로움도 덜어주는 것일세. 자주 만날 수 있어야 얼굴도 만져보고, 그동안 참았던 욕도 실컷 해보면 얼마나 시원할지 생각만 해도 가슴이 훈훈해지네.

요즘 농사일은 옛날 같지 않아. 과학영농의 시대가 열리고 있지.

각종 농기계들도 자동화되어 땀 흘리며 농사짓는 것이 아니라 최첨단의 고도화(高度化)된 기술과 머리로 농사를 짓는다는 걸 자네도 잘 알고 있을 테지.

정부의 지원금도 다양하다네. 농민들에게 지원하는 것이 아니라 미래의 영농을 위한 종자돈을 투자(投資)한다고 보면 되네.

농가의 소득도 노력한 대가만큼 보장될 것이고 풍족한 농촌 생활로 이어질 것이 확실하네. 우리의 세대들은 인간답게 살기 위해 도시로 떠났었지만, 앞으로의 세대들은 꿈을 실현하기 위해 농촌을 찾아올 것일세.

친구! 지난날 직장에서 있었던 영광은 이제 그곳에 머물게 하고, 새로운 영광을 찾아 활기차게 도전하시게.

산 좋고 물 좋은 고향에서, 지금도 건강하게 살아계신 어머니를 모시게.

자식들 불러 내릴 작전이라면 나하고 머리를 맞대고 연구해 보세나.

당장은 여러 가지가 신경이 쓰이겠지만, 자네 옆에는 내가 있으니 용기를 내게.

비록 촌부로 세상 물정 잘 모르고 살지만, 그래도 친구의 노년을 위해 고향을 지키고 있었다고 인정만 해준다면, 나는 졸지에 의리 있는 친구가 되는 걸세

여보게, 친구!

계단을 밟듯 차곡차곡 걸어온 우리의 세대들은 지금의 세대를 이해 못하는 부분이 많이 있네. 하지만 우리가 이해해야지, 누가 이해하겠나!

우리는 샌드위치 세대로 살아오지 않았나. 그러나 급속한 발전으로 공중부양된 세대들은 거품이 꺼지면 와르르 무너져 내릴 터인데, 우리가 든든한 버팀목이 되어 줘야지,

우리 그렇게 살아가세.

지금도 늦지 않았네. 허리띠 졸라매고 먹을 것 아껴가며 모아 놓은 재산이 자식들끼리 싸우는 원수 덩이가 됐다는 뉴스도 못 봤나? 재물(財物)이 아니라 요물(妖物)일세. 돈도 써야 내 돈이지 안 쓰면 남의 돈이라고 하지 않나,

누구에게 투자하겠는가? 이 친구 말에 투자 하시게나!

여보게 친구!

다시 한 번 간곡히 부탁하네. 기름냄새 나고 골목냄새 나는 비좁은 세상보다는, 흙냄새 나고 땀 냄새 나는 드넓은 세상이 기다리고 있다는 것을 꿈에도 잊지 마시게. 그럼 이만 총총.

− 고향의 촌부로부터

꼬리를 부활復活 시켜 주십시오

꼬리가 있다면,

활동하는 데는 조금은 거추장스럽겠지만, 인간사(人間事) 훨씬 편안해 질 것이다.

상대방의 입장이나 자신의 기분을 꼬리가 먼저알고 반응을 하게 되면, 다툼이 적어지고 그릇된 편견(偏見)이나 오해가 사라 질 것이다.

남을 속이려는 거짓행동도 지금처럼 난무(亂舞)하지 않을 것이며, 때로는 선의의 거짓말도 세상 사는데 필요하다고 인정하면서 시비가 오가지 않게 포용 할 것이다.

반가운 이를 만나면 무의식적으로 꼬리를 치고, 상대하기 싫다면 아무런 반응을 안 할 것이다.

화가 나면, 내색하지 않으려 해도 꼬리가 먼저 자발적으로 반응하면서 치켜세우고 털끝까지도 곤두세우고는 위협적으로 대처 할 것이다.

반면에, 사랑의 욕구가 일어나면 꼬리를 살랑거리며 몸부림을 칠 것이다.

무서움을 느낀다면 꼬리를 사타구니에 감출 것이고, 아부(阿附)성 말을 할 때에는 사타구니 안에서 몰상스럽게 흔들고 있을 것이다.

이러한 반응들은 생리적인 현상이기에, 세상은 보다 편하고 정직한 인생을 살아가게 되는 것이다.

꼬리가 있다면,

전문직업이 창출되고 많은 일자리가 생길 것이다.

꼬리털 치장(治粧)을 위해 다듬고, 볶고, 예쁘게 염색을 하는 전문 미용실이 지구상에 수 없이 생겨 날 것이다. 계절마다 꼬리에 입힐 의상이 등장하면서, 여름은 안이 훤히 보이는 시원한 망사 천으로 감싸고, 겨울에는 장갑을 끼우 듯, 양말을 신 듯, 멋을 한껏 부릴 것이다.

각종 가구들도 디자인의 혁신을 가져 올 것이다. 의자나 침대도 꼬리에 맞게 편하고 적합한 모델로 제작 되어, 안전에 특별히 신경을 쓰는 제품들이 쏟아져 나올 것이다.

다수가 공동으로 이용하는 버스나 지하철 등 대중교통과, 자주 이용하는 엘리베이터도 탑승정원을 대폭 줄여서 공간을 최대한 확보하고, 밀착에서 오는 위험과 불편함도 일소에 개선 될 것이다.

그 뿐만이 아니다.

다시는 안 볼 것 같은 무례함으로 돌아서지만, 꼬리는 얼굴 한 번 더 바라 볼 수 있는 화해(和解)의 기회를 만들어 줄지도 모른다.

꼬리가 있다면,

무리지어 어울리더라도 그대로 휩쓸리는 부하뇌동(部下雷同)에 휘말리지 않고, 현명한 삶을 찾아 갈 것이다.

꼬리의 움직임으로 미리 상대를 읽을 수 있어 판단을 빨리 하게 되고, 주관 없이 흔들리는 것을 사전에 차단해 줄 것이다.

사람들은 저마다 삶에 긍정적인 의미를 부여하며 살아가려 한다.

긍정은, 역경에 빠진 사람들에게 마음을 다스리는 힘을 주기 때문이다.

마음을 다스리기 위해서는 지성(知性)과 소양(素養)을 갖추어야만 힘을 더 받을 수가 있다. 사람들은 지성과 소양을 몸에 지녀야만 지성인으로 대접을 받으며 살아 갈 수 있다고 믿기 때문에, 마음속에 온갖 추잡한 생각들을 들키게 되면, 흠이 될까봐 더 꼭꼭 숨기며 살아가는지도 모른다.

지성과 소양이 자연스럽게 묻어 나오고 표출해 낼 수 있는 수단이 꼬리가 첫 번째로 역할을 할 것이다. 꼬리야 말로 긍정을 이끌어 낼 것이다.

꼬리 이외에 또 무엇이 있을까?

그것은 바로 언어(言語)라고 볼 수 있다. 사람에게는 언어를 구사하는 능력이 있어 만물의 영장이라고 한다.

그렇지만, 사람과 사람사이에 의사소통이 이루어지면서, 사람들은 자신의 이익만을 위해 거짓과 폭언(暴言)이 난무(亂舞)하는 머리 아픈 세상을 만들고 말았다.

동물들이 울부짖고 으르렁 대는 것이 언어라고 할 수 있겠는가!

사람도 같다고 본다. 거짓말과 폭언은 언어가 아닌 것이다.

상대방에게 공감이 가도록 이끄는 것이 언어의 기술이라면, 겸손한 화술이 그 사람의 품격을 만들며, 그것이 진정한 사람의 언어 일 것이다.

꼬리는 말을 하지 못한다.

꼬리는 품격 있는 화술을 구사 할 줄도 모른다.

그러나, 꼬리는 자신의 몸짓을 통해 빠르게 소통 할 것이다.

지극히 순수하고 정직한 언어로 말이다

사람에게는 꼬리가 있었다!

사람에게는 보이지 않는 꼬리가 있다!

우리를 밝은 세상으로 인도해줄 꼬리가 있는 것이다.

꼬리에 옷을 입히는 것처럼, 마음에도 양심을 입혀보자!

기만(欺瞞)으로 얼룩진 세상이 아닌 희망이 배어있는 세상!

사람의 본성이 살아있고 정직함만이 존재하는 낙원의 새 세상을 만들자!

　꼬리는 우리의 양심이며, 우리의 마지막 남은 자존심이다.

일상의 기로

김선주
문학평론가

1.

하루가 거울 평면 같이 다가올 때가 더러 있다. 납작한 도시와 사람들이, 그림처럼 뒷장을 가린 채 보이지 않는 에스컬레이터 위로 미끄러진다. 이럴 때 '시(詩) 그리고 홀로 있는 시간'이 필요하다. 북북 문질러 죽죽 흘러내리는 유리창 땟국을 물 호스로 시원하게 씻어내는 듯한 시간이다. 그러므로 고독은 때때로 유익하다. 고독 속에서야 비로소 우리는 자기 자신을 되찾는다. 내면과 세상의 공전(公轉)에 귀 기울여 본다. 그러나 고독의 유용성보다 함께 고독을 사랑할 상대를 갖는 것이야말로 하나의 큰 기쁨이다. 시인은 자연에서 그 상대를 찾는 중이다.

이흥국의 시 세계는 자연과 일상을 바탕으로 '가려진 길 찾기'의 여로에 틈입해 있다. '잊힌 시공간'으로 화자를 부르고 있는 그 길 위에서 사물은 하나, 하나가 소중한 이정표다. 우리도 화자의 족적을 따라 거닐다 보면 어느새 화살표의 손짓에 홀리는 것이다. 사물과 사물, 도상과 도상의 광활한 입체 저편에서, 이(異) 세계의 향취가 듬뿍 풍겨온다. 화자도 우리도 싱그러운 이미지의 폭우 속에서 환상방황(環狀彷徨)을 시작한다.

　　너는 이름 없는 꽃
　　이름 모를 꽃
　　내가 지어준 예쁜 이름 노랑나비 꽃
　　노랑나비가 풀잎 끝에 살포시 앉아있네

　　누군가 개울둑에 뚝뚝 흘린 노랑물감
　　풀숲에 감추려 해도
　　초록에 노랑이 선명해 감출수가 없네

　　개여울 물방아 찧는 소리
　　꽃잎 잔잔히 두드리면
　　노랑나비 떼 날개짓하며
　　개울둑을 날아오르네

　　너는 이름 있는 꽃
　　노랑나비 꽃
　　춤을 추며 날아오르는
　　노랑나비 꽃

ー「노랑나비」 전문

이 시는 대조와 확장의 기법이 인상적이다. 우선 "초록"과 "노랑"의 대조를 통해 자연의 미감(美感)을 드러내는데, 초록은 시적 공간의 정적 성질을, 노랑은 시적 주체의 능동성을 나타낸다. 즉 시인은 정적 바탕과 동적 개체의 대비를 통한 자연의 한 장면을 포착하고 있는 것이다. 그래서 나비는 최초에 "이름 모를 꽃"으로 호명되고 있다. 이어 나비는 "누군가 개울둑에 뚝뚝 흘린 노랑물감"으로 비유된다. 그러나 "노랑나비 떼 날갯짓하며/ 개울둑을 날아오르"는 풍경으로 확장되며, "너는 이름 없는 꽃"과 "너는 이름 있는 꽃"으로 다시 대조된다. 그리고 풀밭에 가득한 나비는 "노랑나비 꽃"이란 이름을 획득한다.

여기서 나비와 꽃은 중층적 상징성을 보인다. 시 전체에 있어 화자가 일관되게 나비의 동태를 쫓고 있고, 꽃은 비유적 시선을 통한 가능적 상태였으나 이름을 획득함으로써 확실성의 존재로 솟아난다. 그래서 지상에 내려온 노랑나비의 율동에 뒤이어, 지상의 꽃이 하늘가로 날아오르는 풍경이 전경화 된다. 이제 나비와 꽃은 "노랑"이라는 공통의 바탕을 통해 동일성을 획득한다. 이로써 화자는 개체와 장소의 경계를 허물고 꿈결 같은 여정에 오른다. 다시 말해 나비의 세상에 가려진 꽃의 세상을, 꽃의 세상에 가려진 나비의 세상을 형상화한다. 이는 화자가 나비와 꽃의 생을 조우하는 것, 나아가 나비와 꽃의 생에 숨어 있던 그들의 수많은 갈림길을 자신의 갈림길로 내면화하는 과정이다.

모든 생명은 발버둥치고 있었다
목마름을 갈구하며 아우성을 쳤다
정신을 가다듬을 소리가 들려온다
귀를 의심하는 환청은 정녕 아니었다

하늘을 향해 입을 벌리던 논바닥은
단번에 삼키려다 거품을 토해내고
나풀거리며 하소연 하던 나뭇잎들은
축 늘어져 목욕을 즐긴다

폭삭폭삭 먼지 떼만 털던 아스팔트
모처럼 미끄럼 타고
골짜기에 날아온 굴뚝새 한 마리
돌담 틈새에서 온몸을 단장한다

온 세상이 촉촉이 젖는다
온 만물이 풍족함으로 젖어든다
하늘에서 온 세상으로
온 세상에서 내 가슴으로 젖어든다

— 「단비」전문

위 시에서 사물을 깨우는 주체는 '단비'다. 오랫동안 목말
랐을 "온 세상", "온 만물이 풍족함으로 젖"는다. 딱딱한 대
지와 온갖 종의 개체가 비와 닿자마자 생령을 얻고 발화한

다. "논바닥은" "하늘을 향해 입을 벌리"고, "하소연 하던 나뭇잎들은" 나른하게 목욕을 즐기고, "폭삭폭삭 먼지 떼만 털던 아스팔트/ 모처럼 미끄럼 타고" "굴뚝새 한 마리" 몸단장에 여념 없다. 따라서 "젖는다" 혹은 "젖어든다"는 것은 갈증 너머의 생명을 깨우는 것, 화자는 비 내리는 자연 현상과 움트는 생명의 상관성을 통해 드라마틱한 한 장면을 포착한 것이다.

'단비'의 경로가 점강법의 형식으로 화자의 마음을 깨운다. 비가 "하늘에서 온 세상으로", "온 세상에서 내 가슴으로 젖어"오는 것이다. 이러한 점강법의 원리가 화자의 마음을 비롯한, 세상의 외진 자리를 밝은 곳으로 이끈다. 시인의 시적 더듬이가 자연의 비—생명 혹은 하위주체를 향해 주파수를 보내고 있는 것이다. 우리 눈길이 미처 미치지 못한 생명의 몸짓을 시적 공간에 모아들인다. 하늘에서 지상으로, 지상에서 생명으로, 생명에서 가슴 속으로, 즉 큰 곳에서 작은 곳을 향해, 시인은 광장에서 오솔길 위로 화자를 이끈다.

2.

이처럼 시인은 자연과 더불어 살려는 화자의 의지를 사물의 미감으로 승화시키고 있다. 화자는 '미적 주체', 사물은 '미적 타자'로 활동하며, 길 찾기 혹은 '미적 대화'의 장에서 거듭난 일상의 향기가 유미주의적인 '시(詩) 의식'으로 확장한다. 이러한 시적 정서가 일관되게 나타남으로써 시인 고유의 시적 화법이 구축되고 있다. 즉 자연을 미(美)의 보고

로 파악, 인간의 본성이란 자연의 배경에서 자기만의 미의
식을 찾아가는 여정인 것이다. 좌절과 환난조차 미적 체제
하에 어떤 의미 찾기의 형식을 갖춘다.

팽팽팽 팽이가 돈다
윙윙윙 팽이가 운다
팽팽팽 돌아서 팽이라고 부른다
윙윙윙 운다고 윙이라고 부르지는 않는다
윙이 보다는 팽이라는 이름이 어울리기 때문이다

세규네 논바닥에서 팽팽팽 팽이가 돈다
세규가 물고를 진즉에 막는 바람에
윙윙윙 논바닥이 울고 있다

큰 팽이는 자리 잡고 폼 잡으며 돌고
작은 팽이는 깡충깡충 뛰면서 돈다
쇠구슬 박은 팽이 미끄러지며 돌고
쪼그마한 좀팽이는 저만치 도망가서 돈다

얼굴에 빨간 줄 하나 그어 돌렸다
온 얼굴이 빨갛게 번져간다
술취한 것 같이 비틀거리며 돈다

이색저색 부지런히 그어 돌렸다
얼굴 가득 무지개색 뜬다

세규네 논에도 찬란한 무지개가 뜬다

우리 집 안방에서도 돈다
밥상 위에서도 돌고 눈을 감아도 쉬지 않고 돈다
나를 따라 다니며 돌고 지구와 한 방향으로 돈다

인생은 팽이처럼 돈다
인생은 팽이처럼 매를 맞는다
팽이는 인생이다

— 「팽이는 매를 맞아야 산다」 전문

　팽이에는 고달픈 인간의 그림자가 잘 드러나 있다. 인간은 낙원에서 쫓겨날 때 완전성을 박탈당하고, 평생 노동과 잉태의 고통을 느끼며 필멸의 시간 속을 달린다. 채찍질이 팽이의 존재 근거이듯, 인간은 온갖 천형의 고통을 통해 삶의 활기를 찾는다. 큰 팽이, 작은 팽이, 쇠구슬 박은 팽이 "깡충깡충 뛰면서", 미끄러지고 도망 다니고 하며, 온갖 폼 잡고 돌고 있는 양상은 인간의 허영과도 닮았다. 동시에 "우리 집 안방"이며, "밥상 위에서"며, "지구와 한 방향으로" 하나 되어 도는 모습이, 복닥복닥 살아가는 따뜻한 인간사의 희로애락도 떠올리게 한다. 이처럼 "인생은 팽이처럼 돈다/ 인생은 팽이처럼 매를 맞는다" 따라서 "팽이는 인생" 그 자체인 것이다.
　돌고 있는 팽이, 우린 늘 중심 잡기의 고뇌 어린 생활을 이어간다. 넘어지지 않으려고 다시 한 번 스스로 매를 친다. 그러나 중심의 환상을 버리고 그 중심 바깥으로 나와야만 진정 살아갈 수 있다. 다시 말해 구심력보다 원심력이 필요한 것이다. 자기중심의 평형을 찾느라 타자의 손짓을 바라볼 여유가 없다. 채찍이 아니라 나를 세워주는 타자의 손길이 필요하다. 내가 그를 일으켜 주고 서로 버팀목이 되어야 살아갈 수 있다. 중심 잡기는 체면 치르는 세상이 퍼뜨린 못된 환상이다. 시인은 또 다른 손 내미는 타자, 깨달은 자의 자취를 찾아 알을 깨고 있다. 그런데 알을 깨고 나왔을 때 마주친 것은 더 큰 알 속 세상이다.

바닷물이 밀려오면
이름이 하도 많아
부르다 지쳐 빠져 죽을 수도 있겠구나

학창시절엔
이름 석 자 꼬박꼬박 불러주었다

나라 지키려 군대 갔더니
사랑하는 님도 못 지키고
군바리 아저씨로 개명되었다

어렵게 직장 잡아 출근했는데
첫날부터 이름 두 글자 반납 당하고
겨우 성씨 한 자락 허락 받았다

장가든 게 잘 한 걸까

신선했지만 낯간지러운 이름 잠깐 부르더니

아빠라는 듬직한 이름으로 한참을 불러 주었다

— 「내 이름은 어디 갔나」 부분

　이름은 어쩌면 '나'를 가두는 틀이다. 인생은 수없이 틀을 깨는 시간이고 '또 다른 나 찾기'가 잇따른다. '나'에게서 '나'에게로 이어지며 서서히 자아를 확장한다. 이는 타자를 환대함으로써 그들이 바라보는 '나'의 추상을 한 자화상으로 수긍하는 과정이다. 그렇기에 "학창 시절엔/ 이름 석 자 꼬박꼬박" 불리던 것이, "나라 지키려 군대 갔더니" "군바리 아저씨로 개명"되었으며, 직장에선 "겨우 성씨 한 자락 허락받았"고, 드디어 "아빠라는 듬직한 이름"을 얻기까지 이르렀다.

　타자를 환대한다는 것은 기쁨이자 보람인 동시에 이처럼 서글픈 일이기도 하다. 나를 끝없이 또 다른 가상의 나로 덧씌워 가는 과정이다. 타자를 통해서 나의 욕망을 알아가는, 군중의 사이사이 '고리' 같은 존재, 그러므로 상징계적 질서 속에서 나를 저편의 아득한 실재계로 돌려보내고, '운명적 반쪽 자아'로 살아가야 할, 가상에 길든 타자다. 세상에서 늘 타자이면서 주체의 최면에 걸린 현대인의 자화상인 것이다. 그래서 삶이란 궁극에 너무 멀어진 "내 본래의 이름/ 아버지께서 고심 끝에 지어주신 이름"(「내 이름은 어디 갔나 3」) 찾기의 도상이다.

3.

 자연은 미의 보고인 동시에 사람살이에 대한 교훈의 현장이다. 체념과 고통의 쓸쓸함을 견디고 삶을 풍요로 전환할 힘을 가르쳐준다. 특히 이러한 자연의 풍부한 미적 감각과 윤리적 감각이 절묘하게 엇물린 톱니바퀴 돌아가듯 서로에게 영향을 끼칠 때 예술과 시의 다층이 더욱 풍부해진다. 시는 자연이 가려 놓은 미적/ 윤리적 최소(minimal)의 세계를 확대하는 만화경이다. 시를 통해 시인은 자연을 발굴하고, 자연으로 말미암아 현실 세태에 대한 고현학적 안목을 획득할 수 있다.

>   먹구름 한 조각 아스팔트에 수를 놓으며 번져가고
>   저 아랫녘에서 굴러 왔다는 형체도 없는 것이
>   가로수를 흔들며 시비를 걸기 시작했다
>
>   삽시간에 애기똥자루만한 조각들은
>   지하도를 삼키고 도로 위를 점령했다
>   맨홀뚜껑을 열어 재끼고 무더기무더기 토해내며
>   온갖 것들을 쓸어버리는 하늘과 땅과의 싸움 이었다
>
>   그때서야 사람들은
>   개미행세를 해대고 있었다
>   개미가 더듬이를 휘저으며 달려가듯
>   두 손을 휘저으며 높은 언덕을 향해 질주하고 있었다

사람들은

개미들의 피난행렬을 하찮은 미물이라

거들떠보지 않았다

개미들도 진즉에

사람들이 우매한 미물임을 알고 있어

거들떠보지도 않았다

　　　　　　　　　　　－「선견지명」 부분

　이 시는 재미있는 풍경을 그려 보인다. 개미를 의인화하여 인간을 풍자하고 있다. 개미는 "사람들이 우매한 미물임을 알고 있어 거들떠보지도" 않는다는 인격체로 표현된다. 더욱이 사람보다도 훨씬 일찍 재난의 징후를 알아챔으로써 자연을 보고 느끼는 초-감각적 자아를 자랑한다. 한때 "개미들의 피난행렬을 하찮은 미물이라 거들떠보지" 않았던 사람들은 뒤늦게 헐레벌떡 뛰어다닌다. 폭우가 여기저기 "지하도를 삼키고 도로 위를 점령"하는가 하면, "맨홀뚜껑을 열어 재끼고 무더기무더기 토해내며/ 온갖 것들을 쓸어버리는 하늘과 땅과의 싸움"사이를 부산스레 쫓고 쫓긴다. 이제 "사람들은/ 개미행세를" 해댄다. "개미가 더듬이를 휘저으며 달려가듯/ 두 손을 휘저으며 높은 언덕을 향해 질주"하고 있다.

　그리하여 화자는 작은 세계와 큰 세계의 동일성을 확인한다. 부자와 가난한 자의 세상이 층위를 달리할 뿐, 그들 모두가 생로병사의 순환 고리를 어지러이 돌고 있듯, 인간과 미물의 세상사가 포개진다. 지구 반대편과 반대편이 나비의 작은 날갯짓에 의해 폭풍으로 소통하듯, 미물계가 또 인간계가 서로를 끌어당긴다. 그래서 미물이 인간의 본성을 밝히고, 그 작은 몸짓은 존재의 핵심을 찌른다. 자연은 다른 듯 같고, 같은 듯 다른 두 시적 대상을 통해 생명에 대한 '단순한 진리를 크게' 시사하고 있다.

이처럼 시인은 자연과 더불어 나타나는 일상을 시적 자아로 한정하고, 이를 통해 유미주의적 시 세계를 형상화한다. 자연에 깃든 모든 사물의 몸짓에서 미의식을 찾고, 그 아름다움을 바탕으로 긍정적 인생의 당위성을 구축함으로써, '미적 자아'를 '윤리적 자아'로 확장하고, 예술이 현실과 이상의 평형을 확충할 방법까지 고민하고 있다. 이러한 현실 인식은 시인의 시를 향한 충만한 성실성까지도 엿보게 한다. 시인은 늘 "봄꽃 한 다발 정성들여 화병에 꽂듯/ 영혼의 화병에 시(詩)를"(「시인의 뜨락」) 가다듬는다.

그곳에서 울려오는 "꽃봉오리 하늘 물 먹는 소리/ 버들잎 머리감는 소리/ 길 잃은 개미들의 더듬이 소리/ 처마 끝 방울방울 미끄럼 타는 소리" 등 넘치는 "탄원"과 "포만"과 "고해"와 "세월 빗방울과 마찰하는 소리"로 "타락의 온갖 소음 잠재우고", "마음으로 듣고 눈으로 느끼"(「들으면 들리는 소리」)는 자연의 순결성을 일상으로 불러온다. 사멸의 전운 속에서도 벗 삼은 산새소리로(「인생 길」) 시를 짓는다.

다시 가만히 귀 기울여 마음으로 "들으면 들리는 소리"에 집중해 보라! 아름다운 자연의 온갖 소리가 별빛의 속삭임이 나지막이 들려온다. 첫 시집 발간을 축하드리며, 시의 언어를 가슴에 안고, 미(美)의식을 동반한 그리움의 향연이 계속되길 소망해 본다.

문학과의식 시선집 153

들으면 들리는 소리

발행일   2023년 5월 29일

지은이   이흥국
펴낸이   안혜숙
디자인   임정호

펴낸곳   문학의식
등록   1992년 8월 8일
등록번호   785-03-01116
주소   우 23014 인천시 강화군 하점면 강화대로 939
          우 04555 서울 중구 수표로6길 25 501호(서울 사무소)
전화   032.933.3696
이메일   hwaseo582@hanmail.net

값 10,000 원
ISBN 979 11 90121 48 4